TANT QUE DURENT LES RÊVES

HORS-SÉRIE

ISBN : 978-2-74-852618-9

25, avenue Pierre-de-Coubertin, 75013 Paris

Loi n° 49-956 du 16 juillet 1949
sur les publications destinées à la jeunesse,
modifiée par la loi n° 2011-525 du 17 mai 2011.

Mise en pages : DV Arts Graphiques à La Rochelle
Dépôt légal : février 2019

ROLAND FUENTÈS

TANT QUE DURENT LES RÊVES

SYROS

...

Maybe I, maybe you,
Are just dreaming sometimes
But the world would be cold
Without dreamers like you

...

Scorpions

Maybe I Maybe You

...

J'irai au bout de mes rêves
Tout au bout de mes rêves
J'irai au bout de mes rêves
Où la raison s'achève
Tout au bout de mes rêves

...

Jean-Jacques Goldman

Au bout de mes rêves

Prologue

J'avais lu quelques histoires de fantômes. Bien que non-spécialiste, le sujet m'intéressait : retourner sur les lieux de son existence pour accomplir un vœu cher… L'idée paraissait très belle, très poétique. Je songeais que ce qui pourrait m'arriver de mieux si je ne réussissais pas ma vie du premier coup, ce serait de devenir un fantôme.

Je m'en rends compte aujourd'hui, cette perspective me rassurait. Elle me promettait une seconde chance au cas où triompherait la Bête, qui, malgré ma résistance, s'épanouissait en moi.

C'est pour la fuir que j'avais cherché refuge dans les livres, durant chaque séance de repos, chaque temps calme, chaque voyage imposés par ma condition de sportif de haut niveau. Toutefois, aucune des histoires dont j'avais, patiemment, tapissé mon imaginaire ne m'avait préparé à ce que j'allais vivre. Dans la réalité.

Non. Jamais je n'aurais imaginé devenir le fantôme d'un être encore vivant.

1re partie

L'affûtage

1

Je ne me souviens pas des premiers signes – car il y en a forcément eu. Mais comment aurais-je pu les deviner ? Comment supposer l'inconcevable lorsqu'il s'annonce ?

Tout à l'heure, j'ai utilisé l'expression « fantôme d'un être encore vivant » parce qu'au moment où tout a commencé, elle me semblait adaptée à la situation. Je sais aujourd'hui qu'il s'agissait d'autre chose.

Si je remonte aux origines de ma vocation, je dois reconnaître que la piscine avait logiquement suivi ma découverte de la mer. Comme je contemplais les poissons pendant des heures à travers le masque, ma mère avait dit :

– Apparemment, tu aimes l'eau. Je vais t'inscrire à la natation.

La « natation »... Le fait de nager, quoi. En été, dans les calanques, on disait la « mer » ; le restant de l'année, à la piscine, ça s'appelait la « natation ».

Le but de mes parents, c'était de m'occuper après l'école pour empêcher que je me vautre devant un écran. Comme beaucoup d'enfants dont les parents rentrent tard du boulot, j'ai possédé ma propre clé accrochée à une ficelle autour du cou, j'ai connu ces retours dans une maison silencieuse, ces goûters solitaires dans une cuisine où s'effilochent quelques odeurs de café refroidi, et ces vagues d'ennui qui suscitent la tentation d'allumer un écran.

Mes parents étaient bien d'accord là-dessus : il me fallait une activité. Alors pourquoi pas la « natation » ?

Ils l'ignoraient, bien sûr, mais le jour où ils m'ont inscrit au club, ils ont déclenché un processus qui m'apporterait autant de bonheur que de malheur.

Dans les films, au moment où le héros inaugure une période importante, cruciale pour la suite de son existence, le téléspectateur est souvent averti par un effet cinématographique : un zoom sur son visage, une petite musique lancinante, ou même un tic-tac. Dans la vie, bien sûr, rien ne nous avertit de pareille façon. Et aucun spectateur n'est là pour nous plaindre lorsqu'on s'enfonce, lentement, jusqu'à perdre pied.

Ce n'est pas les parents qui m'ont mis en tête les rêves olympiques, ils n'en demandaient pas tant. Seulement voilà, à la fête du club, en fin de première année, j'ai goûté au jeu des médailles, et j'ai eu envie d'y jouer jusqu'au bout. Ce jour-là, il ne s'agissait même pas de gagner une course. Tous ceux qui terminaient leur cinquante mètres obtenaient la même breloque argentée à l'effigie du club. Nous, les débutants, on nageait à deux par ligne d'eau, ça devait produire un bouillon infâme et je ne suis pas sûr d'avoir touché le mur en premier. Mais j'ai gardé ma médaille autour du cou pendant toute la semaine.

Voyant que j'y prenais goût, et que j'empruntais tous les jours, avec un enthousiasme croissant, le chemin de la piscine, les parents ont respiré. Leur crainte d'avoir enfanté un gamin sans passion s'est évaporée. Je crois qu'ils trouvaient plutôt sain que je m'oriente vers une discipline où les mentalités sont encore préservées du « tout business », et les valeurs sportives respectées.

– Que je sache, on n'a jamais vu de pneus crevés sur le parking d'un centre nautique, ni de spectateurs insulter qui que ce soit pendant une épreuve ! expliquait mon père au voisin, qui mettait tous les sportifs dans le même panier.

Mon père idéalisait peut-être ce sport, que je commençais à connaître mieux que lui, mais sur le fond il avait raison : personne ne sème la panique dans les gradins d'une piscine. Et lorsqu'un nageur crée l'exploit, les spectateurs, d'où qu'ils viennent, savent l'apprécier. Je me souviens de ces championnats de France à Saint-Raphaël où Théo Bussière, un Marseillais, avait réalisé un très bon temps en séries[1] du cent mètres brasse, épreuve qui, depuis huit ans, attendait le successeur de Hugues Duboscq[2]. Placée en fin d'après-midi, la finale avait tenu ses promesses. On sentait de l'électricité dans l'air, et l'ambiance s'était véritablement enflammée quand, dans la deuxième longueur, la foule s'était mise à acclamer chaque mouvement de

1. Lors d'une compétition importante, comme les championnats de France, tous les participants nagent le matin, en séries. Les auteurs des huit meilleurs temps renagent l'après-midi, en finale.

2. Médaillé de bronze aux jeux Olympiques d'Athènes (2004) et de Pékin (2008), vice-champion du monde (2009) et vice-champion d'Europe (2004, 2008, 2010).

Théo Bussière. Les yeux rivés sur le chrono qui défilait, les spectateurs, qu'ils soient du Sud, du Nord, de l'Est ou de l'Ouest, encourageaient d'une même voix le Marseillais. Simplement parce que ce public n'était pas venu pour participer à la guéguerre que se livrent, depuis la nuit des temps, les chauvins de tout poil, mais pour admirer des exploits sportifs.

Ce qui se passait en dehors de l'eau lors de mes premières compétitions m'a laissé des souvenirs aussi vivaces que les courses proprement dites. Les pique-niques en famille, durant les week-ends de compétition, furent déterminants dans ma vocation. Tandis que nous, les athlètes en herbe, nous reposions à l'ombre d'un arbre pour être en forme l'après-midi, les adultes se lançaient dans des parties de boules, ou de foot. Il y avait le père de Romain, avec ses blagues « en dessous de la ceinture », l'oncle de Cannelle et son ventre rebondi, qui courait comme un bonhomme Michelin et se roulait par terre en se tenant la cheville, ou l'épaule, ou la tête, dès qu'il perdait la balle. Il y avait la grand-mère de Benjamin, avec sa voix de crécelle, qui n'avait pas besoin de corne de brume pour qu'on l'entende nous encourager. Et aussi les petits frères et les petites sœurs, des uns, des autres, toute cette troupe qui se déplaçait de piscine en piscine pour nous soutenir. En définitive, c'est surtout pour eux qu'on plongeait, avec l'envie de ne pas les décevoir.

Et puis l'époque des premières contre-performances est arrivée. Il a fallu que j'accepte de progresser moins vite. Il a fallu accepter aussi les compétitions de travail – des rencontres jugées « peu importantes » par l'encadrement – durant lesquelles j'entrais dans l'eau déjà épuisé.

Il a fallu accepter beaucoup de choses.

C'est à cette époque, je crois, que le cœur de la Bête a commencé à battre.

Elle ne faisait pas beaucoup de bruit au début, elle restait discrète. J'ai bien eu quelques tics (clignements d'yeux, torsions de la bouche), mais cela fut passager. Aiguillonné par les taquineries des camarades, j'ai réussi très vite à supprimer ces manifestations extérieures de mon trouble. Mais peut-être aurait-il mieux valu en garder quelques-unes. Car si la Bête ne s'est plus montrée en surface, elle s'est enfoncée à l'intérieur de moi. À une profondeur où j'étais seul à déceler sa présence. Sous ma carapace de garçon calme et jovial (je crois), la Bête s'agitait. « Laisse tomber ! T'y arriveras jamais ! » soufflait-elle. Des sensations glauques accompagnaient ses intimidations : l'impression de sombrer au fond d'un étang noir, ou de trébucher au bord d'une falaise.

Par bonheur, elle ne me torturait pas au quotidien. Au lycée, en famille, et même avec les filles, je me sentais plutôt à l'aise. La Bête jetait son dévolu sur la natation seule. Comme un cancer, elle s'alimentait à ma passion. Plus celle-ci grandissait, plus la Bête gagnait en envergure et en nocivité. Il me fallait parfois lutter plusieurs minutes sous la douche, avant l'entraînement, pour repousser ses assauts. J'avais appris, instinctivement, à opposer des mots positifs à ses menaces. Lorsque la Bête soufflait « fatigue », je contre-attaquais avec « légèreté ». À « défaite », j'opposais « victoire », à « ennui », j'opposais « plaisir ». Le pouvoir des mots m'a longtemps permis de sortir vainqueur de nos affrontements.

Jusque-là, j'étais presque parvenu à la neutraliser lors des grands rendez-vous. Je dis bien « presque »... Car, à y regarder de près, ces quelques mouvements ratés dans la première longueur, et ces brasses un peu courtes juste avant l'arrivée, ne devaient rien à la fébrilité, ni à la fatigue. C'était, au cœur même de mon épreuve, la signature de la Bête.

2

Mon esprit se fixe sur ce premier mercredi des vacances de Pâques. Fidèle à la routine que je m'imposais entre deux séances d'entraînement, je lisais, allongé sur le dos dans mon lit, les jambes légèrement surélevées pour la circulation du sang. Depuis quelques jours, j'étais entré dans la phase d'affûtage, cette semi-hibernation qui précède les grands événements. Je faisais le plein d'influx nerveux, en essayant d'adopter le comportement préconisé par Jeanne.

J'avais posé le livre, constatant que je relisais la même phrase pour la quatrième fois. Le flux de mes pensées m'avait entraîné hors de la page. Je m'étais réfugié dans le temps d'avant la Bête. L'époque de l'insouciance. Celle où je moissonnais les secondes chaque fois que j'enfilais le maillot. Et je sentais une somnolence douillette m'envahir.

– La sieste, ça fait partie intégrante de l'entraînement ! martelait la coach, qui nous aurait presque bordés l'un après l'autre en nous déposant un baiser sur le front.

Elle était sympa, Jeanne : déterminée à nous assassiner à coups d'exercices inhumains, mais seulement après nous avoir bien dorlotés...

En même temps, comme je me le répétais chaque soir en endurant le feu qui irradiait dans mes muscles, personne ne me forçait à nager quatre heures par jour (cinq pendant les stages). Si je m'astreignais à ce régime, c'est parce que je le voulais bien. À tout moment, je pouvais prendre mes cliques et mes claques et annoncer :

– Messieurs-dames, j'arrête !

Nul ne m'obligerait à continuer, surtout pas Jeanne. Du reste, on ne m'avait pas mis le couteau sous la gorge pour que j'intègre le groupe Élite. J'aurais très bien pu m'inscrire en Loisir, et pratiquer la natation sans aucun objectif chronométrique.

Ce mercredi après-midi, donc... Allongé sur le dos, mon livre sur la poitrine, aspirant à m'abandonner à la somnolence, je sentais aussi, tout au fond de mon esprit, là où les mauvaises pensées élisent domicile comme des cancres au fond de la classe, pointer la crise. Tant que ma lecture m'avait accaparé, la Bête ne s'était pas manifestée. Les souvenirs heureux l'avaient ensuite, eux aussi, tenue en respect. Et puis, il avait suffi d'une seconde de relâchement. Une seconde durant laquelle j'avais songé aux prochains championnats de France. La chose à ne pas faire. Si je commençais à me représenter la compétition future, tout pouvait basculer. C'était par cette brèche qu'elle s'introduisait. Par cette brèche d'incertitude ouverte sur l'avenir.

La Bête cherchait à empoisonner mes pensées. « Arrête, tu vas te faire mal, soufflait-elle. Pense à tes concurrents : tu te souviens de leur gabarit ? Et ce regard déterminé qu'ils affichent ! Tu feras pas le poids ! Ne gaspille plus ton temps : songe à tout ce que tu pourrais faire au lieu de tremper cinq heures par jour dans de l'eau chlorée ! » Je vivais à l'avance le moindre détail de mon deux cents mètres brasse. Ma chambre s'était transformée en halle de piscine, le cui-cui des oiseaux dans le jardin avait fait place aux cris du public, et ma respiration s'accélérait comme sous l'effet d'un effort intense. Devant mes parents, ma sœur, et les amis qui s'époumonaient pour moi dans les tribunes, je me voyais peiner sur la dernière longueur, mes mouvements ralentissaient, je me sentais lourd, ainsi que dans les mauvais rêves.

Il me fallait allumer des pensées positives. Faire remonter à la surface un chapelet de souvenirs agréables, de l'époque d'avant la Bête. Mais la Bête se défendait, elle me tirait vers le bas, occultait la lumière dans mon esprit. Jamais, je crois, je n'avais été si près de céder que cet après-midi-là. C'est au moment de lâcher que j'ai trouvé l'énergie de remonter.

Grâce à Romain. Mon ami le plus ancien. Son image, comme une bouée de sauvetage, s'est imprimée devant mes yeux. Je l'ai revu, à l'époque où il nageait encore : ces yeux verts en amande, cette bouche gourmande et ce sourire enjôleur qui feraient de lui, plus tard, la coqueluche des demoiselles...

Je l'ai revu aussi faisant le pitre dans les douches, organisant de grandes joutes d'eau savonneuse, ou encore en Tarzan des vestiaires, qui grimpait sur les casiers et caressait le plafond avec son crâne, avant de redescendre parmi nous les cheveux pleins de poussière. À l'école, puis au collège,

Romain attirait le regard, c'était indéniable, et sa façon naturelle de faire le clown désamorçait toute critique. Selon un dicton à deux balles, les clowns font rire les filles mais elles partent avec les princes charmants. Romain a prouvé que les deux n'étaient pas incompatibles.

À neuf ans, à mon entrée dans le groupe Précompétition, j'avais été heureux de le retrouver, ainsi que d'autres copains avec lesquels j'avais jusque-là beaucoup pratiqué la bataille de serviettes au vestiaire. Autour de Romain, les détails de cette période ont repris vie : le hall de la piscine, où je croisais toujours quelques parents bienveillants, le vestiaire avec ses casiers multicolores, son mur bleu un peu craquelé dans lequel j'imaginais des géographies fantasmagoriques, et les douches, dont la caresse chaude nous retenait toujours plus qu'il ne le fallait.

On aimait particulièrement le mercredi après-midi. Lorsqu'on arrivait en avance, on se ruait vers le petit bassin ; une séance de bébés-nageurs avait lieu juste avant, et l'eau était encore plus chaude qu'à la normale. Avec Romain, on se lançait dans des batailles de frites, qui laissaient des zébrures rouges sur nos épaules et sur nos cuisses, on buvait la tasse, on chahutait un peu fort. Un maître-nageur devait parfois intervenir, et nous emmener, en nous tirant par les oreilles, jusqu'au responsable de notre groupe, qui fronçait les sourcils pour le principe mais ne nous punissait pas.

C'est Romain qui m'avait inoculé le virus de la lecture. On devait être en CE2. Il avait emporté son livre au vestiaire, et il s'était dépêché de le terminer en se déshabillant d'une seule main pour tourner les pages avec l'autre. À la fin de la séance, il l'avait fourré dans mon sac en me promettant que j'allais me régaler. Ce qui fut le cas.

Les mois passant, on s'est pris tous ensemble de passion pour les quatre nages, et pour ces aiguilles de couleur (la jaune, la noire, la rouge, la verte) qui n'arrêtaient pas de tourner au bord du bassin, chronométrant chacun de nos exercices et fixant la durée de nos récupérations. Avec Romain et quelques autres, on a commencé à lorgner du côté des groupes plus expérimentés. On les croisait parfois dans les douches, ces grands qui faisaient parler d'eux, et dont certains jouaient leur qualification pour les championnats d'Europe, les championnats du monde, les jeux Olympiques... Ces mots-là, très vite, ont bruissé dans le vestiaire des petits et quand la natation obtenait un peu de visibilité à la télé, on venait suivre les événements sur l'écran géant installé dans le hall de la piscine Jean-Boiteux (en fait, une télé grand format bricolée par le tonton d'un nageur).

Jeanne, c'est un peu plus tard que j'ai fait sa connaissance. J'en avais entendu parler, bien sûr, comme tout le monde. La responsable du groupe Élite. La « Dame de fer ». Celle que même un finaliste aux championnats de France n'impressionne pas. Ancienne nageuse de niveau national, Jeanne avait dû arrêter la compétition à cause d'un problème de santé, un truc à la hanche dont elle n'aimait pas trop parler.

Elle avait passé brillamment ses diplômes d'entraîneur, et avait appris le métier à Mulhouse, puis à Nice et à Marseille, auprès de coachs prestigieux, avant de revenir à La Ciotat, sa ville natale, pour reprendre en main le club qui avait abrité ses premières brasses. C'est à elle que nous devons les nouvelles infrastructures : le bassin olympique et la salle de musculation. Ces outils qui m'ont permis de pratiquer le haut niveau sans quitter le cocon familial...

Être une femme dans une profession plutôt masculine n'a jamais perturbé Jeanne. Elle balançait négligemment sa silhouette émoustillante sur le bord des piscines et, malgré une petite boiterie, elle recueillait, chrono en main, les demandes en mariage les plus farfelues. Le père d'une nageuse hongroise, croisé dans un meeting, lui avait même promis de divorcer pour l'épouser et l'emmener chez lui, à Budapest, temple de la natation européenne, où il se faisait fort de lui obtenir un poste d'entraîneur en équipe nationale.

Jeanne appréciait sans doute cette collection de prétendants, mais elle n'en abusait pas. Son seul amour, c'était Sam Pitbull, le rockeur, qui partageait sa vie malgré leurs fréquents déplacements (elle pour les compétitions, lui pour ses tournées). À eux deux, ils auraient pu établir une carte de France des piscines et des salles de concert.

En définitive, l'enthousiasme de Romain n'a guère duré. Je crois que ses premières contre-performances l'ont démotivé.

Je le revois très nettement, lors d'un meeting à Carpentras, sortant de l'eau dépité parce qu'il avait nagé son cent mètres dos onze centièmes plus lentement que le mois précédent. Dans ses yeux, il y avait de l'affolement. Ces onze centièmes, durée négligeable pour le commun des mortels, lui paraissaient un gouffre. Je m'en rends compte aujourd'hui, Romain aurait dû se contenter de ce chrono qui confirmait malgré tout sa progression sur la distance (il avait, en huit mois, retranché trois secondes à sa meilleure marque de l'année précédente), mais sa logique était différente. Ce petit retour en arrière invalidait les efforts qu'il avait fournis depuis la dernière compétition.

Ensuite, Romain a poursuivi, vaille que vaille, sa progression, mais il n'a jamais pu encaisser les contre-performances. Ce sentiment de frustration, qui, chez d'autres, peut se transformer en motivation supplémentaire, constituait une entrave à son envie. Quand il sortait de l'eau déçu, il se reprenait bien vite, grimaçait, zozotait avec la voix de Calimero en disant « Z'est vraiment trop inzuste ! », mais il ne parvenait pas à être drôle. On voyait bien que ça sonnait faux, et qu'il aurait préféré se cacher dans les vestiaires pour pleurer. Romain n'aimait pas cette confrontation avec le chronomètre, parce qu'elle le poussait à se remettre en question à chaque plongeon, et à sortir de sa zone de confort.

À treize ans, au lieu d'intégrer avec moi le groupe de Jeanne, Romain a remisé son maillot et ses lunettes au placard.

Moi, j'ai été « celui qui continue ». Je me faisais l'effet du cow-boy solitaire, ou du chevalier qui poursuit vers son destin, là où ses fiers compagnons d'armes n'ont pu le suivre. Résolu à surmonter la douleur, les monstres et l'affrontement ultime avec le dragon : la finale olympique. Je ne me doutais pas, alors, que cet affrontement aurait lieu bien avant d'en arriver là, et que le dragon revêtirait pareille identité.

Par amitié, Romain est longtemps venu dans les tribunes du stade nautique, pour m'encourager lors des compétitions à domicile. Et puis ses visites se sont espacées.

Désormais, on se fréquentait moins qu'avant. Depuis qu'il participait à *The Truth*, l'émission de téléréalité que mon père s'amusait à appeler *Le Trou*, où il lui suffisait de se la couler douce dans un sofa en taillant publiquement les autres candidats, Romain se croyait appelé à une destinée beaucoup moins laborieuse que celle d'un sportif de haut niveau. La célébrité à peu de frais, quelques milliers d'euros sur son compte et du glamour plein la tête. Ça sonnait creux, son truc. Si j'en avais eu le pouvoir, je l'aurais convaincu de raccrocher, mais allez convaincre un candidat idolâtré par toutes les gamines du collège qu'il ferait mieux de se mettre à bosser... dans n'importe quel domaine, mais bosser, vraiment, parce que ce genre d'arnaque sur la vie, ça se paie un jour ou l'autre.

Entre lui et moi, il n'y a pas eu de clash ; simplement, notre relation avait pris deux chemins parallèles. Il faut imaginer deux caractères très proches, deux garçons partageant les mêmes goûts, les mêmes enthousiasmes, et ressentant l'un pour l'autre une amitié assez forte, mais dont les préoccupations divergeraient d'une manière infinitésimale. Au départ, on ne s'aperçoit de rien, puis, au fil des mois, cet infime limon déposé entre eux constitue une muraille. De même qu'il n'a pas poursuivi la natation, l'intérêt de Romain pour la lecture n'a pas survécu à l'adolescence. J'ai cessé de lui offrir des livres pour son anniversaire quand il m'a avoué, un peu gêné, qu'il ne les avait jamais lus. Chacun dans notre coin, nous étions devenus des personnes très dissemblables.

Malgré tout, Romain occupe toujours une place de choix dans mon cœur, puisque c'est son image qui, ce jour-là, m'a sauvé de la crise la plus violente que j'avais jamais vécue.

Accalmie. Respiration plus ample. Sur ma peau, les gouttes de sueur commençaient à s'évaporer en produisant de petits frissons.

Cette fois encore, la Bête était refoulée. Mais pour combien de temps ?

3

Pour ces vacances de Pâques, Jeanne ne nous avait pas concocté de stage dans un lieu exotique – les finances du club ne le permettaient pas, mais elle nourrissait bon espoir d'obtenir, à condition que nos résultats s'améliorent encore, une petite rallonge de la part de notre sponsor.

– Si vous nagez bien, à Noël je vous emmène au meeting de l'océan Indien !

Le meeting de l'océan Indien... à Saint-Paul de La Réunion ! Un rendez-vous qui nous faisait rêver. Idéalement placé dans l'année : fin décembre, c'est-à-dire en plein été sur l'île.

Malgré ses exigences très élevées, Jeanne s'efforce de combattre la routine, qui constitue le poison de notre discipline. Régulièrement, elle nous attribue des récompenses, sous forme de stages ou de séances ludiques qui forment des îles enchantées au milieu d'un océan de labeur.

– Trop fort ! a réagi le Grand Voss dans le vestiaire.

Le Grand Voss (en réalité Benjamin Votrass) a hérité d'un surnom, comme chacun d'entre nous. « Grand » parce qu'il mesure un mètre quatre-vingt-quinze, et « Voss »... on sait pas trop. Ça sonnait bien.

Il s'est excité en faisant tournoyer sa serviette :

– Les gars, cette année il y aura Michael Phelps, en *guest star*.

On s'est marrés. Il était encore trop tôt pour savoir qui participerait au meeting dans huit mois, et puis, officiellement, Michael Phelps, le plus grand nageur de tous les temps, avait pris sa retraite.

– Justement ! a réagi le Grand Voss en laissant claquer sa serviette très près de nos oreilles. Ils ont réussi à l'inviter malgré ça. C'est mon cousin, de l'ASEC Saint-Paul, qui me l'a dit.

Son scoop, ça ressemblait à du grand n'importe quoi, sauf qu'il avait vraiment un cousin licencié au club de Saint-Paul de La Réunion.

Ce fameux mercredi après-midi, je songeais à tout ça, à La Réunion, aux promesses de Jeanne, à la séance effectuée le matin. On était entrés dans cette fameuse période d'affûtage. Le kilométrage diminue, on passe de longs moments à peaufiner la technique pour obtenir une glisse optimale, en soignant l'amplitude et la décontraction. Les sensations reviennent, on a l'impression que nos appuis sur l'eau sont tout neufs.

J'adorais peaufiner. Je pouvais comprendre cet amour du détail qui caractérise le musicien, le dessinateur, le comédien ou l'écrivain. Pour moi aussi, il s'agissait de parfaire un chef-d'œuvre : la course idéale.

Durant l'affûtage, on se sent des ailes dans tous les actes du quotidien. On a envie de monter les escaliers quatre à quatre, de sauter en extension à tout bout de champ. Mais il ne faut pas. Il faut garder l'influx bien serré, bien protégé dans sa boîte, pour le libérer le moment venu. Et le moment venu, ce serait deux semaines plus tard, lors des championnats de France Élite à Dunkerque. Mes parents avaient posé leurs congés pour m'accompagner ; quant à sœurette, ils avaient prévu de lui faire manquer l'école juste pour moi !

Bientôt, quand le starter donnerait le départ, parents et amis m'encourageraient depuis les tribunes. Les musiques rythmées que diffusent les haut-parleurs pendant les compétitions feraient vibrer la poitrine des nageurs attendant leur tour, à la chambre d'appel. Moi, je n'entendrais qu'un brouhaha à travers le bonnet. J'étais habitué à ces sons étranges, mi-aquatiques, mi-terrestres. Je m'en servais pour entrer dans ma bulle.

Quand mon portable a vibré, j'étais en train de me replonger dans ma lecture, afin de prévenir un nouvel assaut de la Bête.

C'était Alicia. Ma moitié. Ma chère et tendre. Ma tentation. Un élément classé *Danger maximal* sur l'échelle de Jeanne, donc passible de causer chez le nageur des dommages irréparables.

La coach nous avait bien avertis :

– Non seulement l'influx se perd lors des parties de jambes en l'air (le Grand Voss prétend au contraire qu'un peu de douceur dans notre monde de brutes surentraînées ne nuit pas à l'organisme !), mais surtout, on risque le *black-out* sentimental. Et le sentiment, ça peut dérégler même les machines les plus sophistiquées...

En y réfléchissant, je ne garantissais pas que ma relation avec Alicia me tirerait vers le haut. Alicia, c'était tout le contraire de moi : elle aimait les boîtes (jamais connu plus ennuyeux), les fringues (le dernier de mes soucis), les magazines people (je m'en servais pour nettoyer les vitres).

Je ne sais pas ce qui lui avait plu chez moi.

Si ! Mon corps.

– En fait, t'es sacrément bien gaulé, elle m'avait avoué en cours de sport, après m'avoir vu en maillot, pour le cycle natation.

J'aimais bien le « en fait »... Elle aurait pu dire carrément « contre toute attente », ou « une fois virées tes fringues à deux balles... ». Alicia, ça ne lui posait aucun problème d'utiliser des tournures vexantes. Elle appartenait à cette catégorie de personnes que j'appelle les « aimants ». Ni plus jolies ni plus sympas que les autres, mais auxquelles on pardonne tout parce qu'on a envie de tourner dans leur cercle.

Quand elle a dit ça, j'allais filer dans un coin pour rougir incognito, mais il s'est passé un truc bizarre dans mon cerveau. Comme un bug. Je me suis approché d'elle, tout près, je l'ai entourée de mes bras, je l'ai soulevée et j'ai dit :

– Les compliments, ça me rend gaga.

Et j'ai sauté à l'eau avec elle.

Ça lui a arraché un cri, à mi-chemin entre surprise et éclat de rire. On a refait surface en même temps. Elle a dû m'imaginer plus délirant que je ne l'étais. Et c'est comme ça, sur un malentendu, qu'elle a eu envie de sortir avec moi.

4

Pour supporter le rythme monotone de mes journées (lycée, première séance d'entraînement, re-lycée, deuxième séance d'entraînement, puis devoirs) et la fatigue (Jeanne exigeait de nous le meilleur à chaque instant), il me fallait imaginer des activités calmes et dépaysantes. La lecture, donc. Moi, ça m'allait bien. Quand le livre m'emballait, je décollais pendant quelques pages, et en reposant les pieds dans la réalité je la considérais d'un œil plus neuf.

Durant nos déplacements aux quatre coins de la France, j'emportais des éditions de poche, que je pouvais fourrer dans mon survêt et qui ne se formalisaient pas d'éventuelles éclaboussures. Lorsque le suspense me happait, les conversations autour de moi et les clameurs du public se fondaient en un lointain brouhaha, une vague ouatée, incapable de m'extraire de mon univers de papier.

Cette sensation m'a toujours fasciné. Lire, c'est comme vivre en deux endroits à la fois. Vu de l'extérieur, le lecteur se situe au même emplacement que son corps, mais son esprit se trouve en voyage, très loin. Comme si deux personnes existaient en lui.

Dans ma chambre, il y avait un endroit réservé à mes P.A.L. Mes Piles de livres À Lire. C'était un petit meuble récupéré dans la benne des voisins, une espèce de table de nuit toute déglinguée que j'avais rafistolée, poncée, repeinte, et sur laquelle je posais les ouvrages prêtés, offerts, ou empruntés à la médiathèque. Certains provenaient aussi de la bibliothèque des parents : des romans que j'avais prévu de lire depuis longtemps. Ces tours de papier se fossilisaient parfois durant des mois. Les copains prenaient des nouvelles de leurs livres, la médiathèque m'envoyait des lettres de rappel ; quant aux parents, ils ne se posaient plus de questions lorsqu'ils cherchaient un bouquin à eux, ils savaient où le trouver... Mais c'était ma façon de fonctionner, je voulais sentir la proximité de toutes ces histoires, et savourer par avance le moment où je plongerais à l'intérieur.

J'avais conscience de ne pas mener la même vie que tout le monde et j'en concevais une certaine fierté. Tandis que mes camarades de classe sortaient du lycée en lorgnant nonchalamment du côté des cafés, j'enfourchais mon scooter, direction la piscine. Les douleurs musculaires, la fatigue durant les périodes où Jeanne avait la main lourde (c'est-à-dire presque tout le temps...), je considérais ça comme des blessures de guerre. Je rêvais qu'une belle princesse (Alicia ?) m'attendait quelque part, et qu'elle descendrait des tribunes pour se jeter dans mes bras quand je décrocherais l'or olympique. Voilà comment j'imaginais le bonheur. Un mélange de naïveté et de littérature kitsch.

Si Jeanne et Sam ont parcouru toutes les villes de France, j'ai arpenté en pensée d'innombrables territoires imaginaires. Malheureusement, aucun livre n'avait évoqué le chemin très particulier qui, bientôt, allait s'imposer à moi. Et les entraînements de Jeanne, si ardus qu'ils fussent, ne m'avaient pas du tout préparé à l'épreuve à venir.

En général, le rythme du lycée ne me convient pas. J'aurais besoin de beaucoup plus de temps pour creuser, chercher, m'imprégner, apprendre. Apprendre vraiment. Et retenir. Pas bricoler un vernis qui tient seulement le jour du contrôle.

Dans ma classe, je reste un cas à part. Pas le temps de me mêler aux autres, toujours sur le départ, à respecter les horaires des entraînements, ou en étude pour m'avancer (le soir, au retour de la piscine, mon cerveau n'est pas toujours réceptif). On me considère peut-être comme une énigme. Ou comme un ours. Depuis que je sors avec Alicia, ma personnalité s'est au moins enrichie d'un trait de caractère : je suis « le grand de terminale qui sort avec Alicia »...

Côté profs, pas de problème majeur. On me prend pour un élève sage, sérieux, pourtant nul ne miserait beaucoup sur ma réussite scolaire. Je suis le garçon bien gentil qui fait ce qu'il peut, mais qui devrait nager un peu moins s'il veut viser une mention...

Moi, du moment qu'on ne m'embête pas, je vis ma vie. Les cours, j'ai rien contre si ça peut m'aider à apprendre des trucs. Mais quand j'ai l'impression que j'apprends mieux sans eux, je préfère en rester à mes petites méthodes.

Je me souviens de cet après-midi passé à la médiathèque en compagnie d'Alicia, parce qu'on préparait un exposé sur le thème du double en littérature. J'avais déjà avalé plusieurs romans sur le sujet, et j'avais bien l'intention de continuer. Quand je l'ai dit à Alicia, elle en a laissé tomber ses deux bras :

– Pourquoi tu vas pas sur Internet ?

– Premièrement, parce que j'adore lire, deuxièmement, parce qu'on y trouve beaucoup de bêtises.

– Je suis pas d'accord avec toi, il suffit de savoir utiliser ses sources !

– Sûr, mais quand je recopie la synthèse de quelqu'un d'autre, j'ai l'impression de pas sentir ce que je dis.

– Peuh... c'est juste pour le bahut. Tu vas pas non plus te prendre la tête !

Alicia a toujours privilégié la lecture plaisir. Pour elle, ce qu'on nous impose de lire au lycée se trouve inévitablement défavorisé par rapport à ses lectures personnelles, comme si en obtenant l'aval de l'Éducation nationale un livre perdait de sa puissance. J'ai essayé de lui dire que les romans, ça existe d'abord « dans la nature », et que ça intègre ensuite (ou pas) les programmes scolaires. Peine perdue. Quand Alicia pense un truc, elle le pense envers et contre tout.

Elle a choisi une table près d'une fenêtre, et elle a passé un long moment à regarder dehors, tout en feuilletant un magazine people pris au rayon des revues.

– C'est vraiment trop con, ces trucs-là ! Tellement con que je peux pas m'empêcher de les lire...

Typiquement Alicia. Elle ne lit pas des magazines people par plaisir, mais pour « garder un œil critique sur notre société »... De même, ce qui lui plaît en boîte, ce n'est pas de se trémousser dans les lumières tamisées en compagnie d'autres corps en sueur, mais d'« observer cet échantillon de société qui s'amuse ».

Je veux bien la croire, du moment qu'elle ne me demande pas de venir observer avec elle...

Elle a fait glisser le magazine au bout de la table et, prise d'une inspiration subite, a rempli deux feuilles de cahier en dix minutes, avant de se lever pour aller flâner du côté des BD.

Je me suis penché sur sa « copie », comme on dit. Son texte était marrant, audacieux, avec des fulgurances cocasses, plus ou moins dans le sujet selon moi. Il soulevait des questions intéressantes, mais il ne parlait guère de l'œuvre au programme (qu'elle n'avait pas lue) et les fautes d'étourderie disputaient la vedette aux phrases inachevées. J'ai hésité à corriger ce qui me sautait aux yeux, et puis, pour ne pas risquer de la vexer, j'ai pensé que je pourrais toujours retoucher ça discrétos au moment de taper notre exposé à l'ordi.

Comme Alicia ne revenait pas, je suis allé moi aussi au coin BD. Personne. Des éclats de voix me parvenaient depuis le hall d'entrée. C'était elle, avec un garçon dont je distinguais la silhouette, de dos. Un garçon de notre âge, à en juger par ses vêtements. Il se tenait un peu voûté, le regard fixant le sol. Alicia lui caressait les épaules, sans rien dire, replaçant doucement des mèches sur son front. Cette silhouette me semblait familière, mais un détail indéfinissable m'empêchait de la remettre.

En m'apercevant, Alicia m'a fait signe d'approcher. Le garçon, en un mouvement très lent, s'est retourné. Il m'a bien fallu reconnaître ce que mon inconscient avait déjà deviné : ce garçon au dos voûté, accablé, mou comme une courgette bouillie, n'était autre que Romain. Mon pitre préféré ! Mon Tarzan des vestiaires ! Il m'a adressé un sourire empreint de lassitude. Puis il s'est secoué comme pour faire tomber cette pesanteur qui me l'avait rendu si étranger, s'est approché de moi, m'a claqué une bise. J'ai senti sur ma joue l'humidité d'une larme. Il a persiflé aussitôt, avec le cynisme qu'on lui connaît à la télé :

– Je te félicite pour le choix de ta copine. Excellent article !

Les doigts d'Alicia lui ont tiraillé l'oreille avant d'ébouriffer gentiment ses cheveux.

– Regarde mon pauvre cousin. Dans quel état il est ! On va devoir le retaper un peu, toi et moi.

5

Tu as fini ta sieste ?

Alicia avait intégré qu'entre deux séances d'entraînement, je devais me reposer. Elle avait trouvé ça drôle, m'avait traité de petit vieux, mais elle avait accepté l'idée de ne pas m'appeler en début d'après-midi. Un texto, c'est moins accaparant qu'un coup de fil : si on ne l'entend pas, on peut toujours y répondre plus tard.

Oui

Je me sentais souvent maladroit avec Alicia. Limite malpoli. En réalité, j'étais tiraillé entre l'envie qu'elle rapplique et la peur d'y laisser trop d'influx nerveux... Parce que quand elle était là, impossible de résister, il ne se passait pas dix minutes avant qu'on se retrouve sous la couette.

Sauf la première fois. Ce jour-là, ça en avait pris quinze. Elle s'était pointée chez moi un mercredi après-midi. Les parents travaillaient, et sœurette Charline était chez sa copine Maëlys. Je ne me souviens plus de ce qu'on s'était raconté. Je crois que tout s'est déroulé très simplement : on était ensemble depuis une semaine, on avait tous les deux vécu quelques expériences avant ce moment, et on avait envie l'un de l'autre. Après une visite rapide de la maison, comprenant une halte devant la bibliothèque familiale (Alicia adore écrire, elle aimerait être publiée), on avait grignoté une sucrerie à la cuisine, puis on s'était enfermés dans ma chambre en sachant très bien où ça nous conduirait.

Cela s'est reproduit plusieurs fois. J'avais envie que ça dure, une terre inconnue s'ouvrait à moi, avec ses coins douillets, ses zones d'ombre, et toute une gamme de sensations inédites.

Maintenant que je la connaissais mieux, je révisais un peu mon jugement. Alicia attirait les gens à elle parce qu'elle était nature. Elle pouvait dire, par exemple, qu'elle adorait les maths. Ou s'exclamer à la cantine que le plat lui plaisait. À la cantine ! Tandis qu'il est recommandé de manger du bout des lèvres et de laisser plein de trucs au bord de l'assiette… Cette fille était entière, et nous, nous regrettions cette spontanéité enfantine que le collège avait gommée d'un seul coup.

Au collège, d'ailleurs, Alicia n'avait pas fait partie des plus populaires. Je m'étais moi aussi tenu à distance de cette fille qui riait fort et créait des vides autour d'elle. C'est au lycée que les cartes avaient été redistribuées. Au lycée, on se préoccupe moins de la norme. On revient à un comportement plus naturel. Mais on y revient par degrés. Alicia, elle, avait plusieurs années d'avance sur nous.

Je peux passer ?

Impossible de lui dire non. La veille, déjà, j'avais préféré annuler un rendez-vous au cinéma parce que Jeanne nous avait promis une série importante pour le lendemain.

– Pas longue, pas difficile, mais in-dis-pen-sable ! avait annoncé notre Dame de fer. Vous avez intérêt à vous comporter comme des pros !

Se comporter comme un pro, ça signifiait adapter sa vie quotidienne, donc ses repas et ses dodos, à l'objectif sportif. Et en effet, je n'avais pas regretté ma nuit complète de sommeil : la série en question consistait en plusieurs accélérations, brèves mais intenses. Jeanne m'avait félicité deux fois, ce qui représentait un total très élevé... De fait, je me sentais de mieux en mieux. Tout se mettait en place, et j'avais l'impression d'avoir progressé dans plusieurs registres : amplitude, coulée, reprise de nage.

Cette impression valait bien une séance de cinéma sacrifiée. Seulement, je ne connaissais pas les limites d'Alicia. Une nouvelle dérobade risquait de compromettre notre relation. Alors j'ai tapé les deux lettres :

OK

Voilà. J'avais cédé. Cédé à une envie très forte de la voir et de la sentir contre moi. Je n'éprouvais aucune mauvaise conscience pour les câlins qui s'ensuivraient – la philosophie du Grand Voss m'avait plutôt convaincu. Alicia avait créé un sentiment nouveau, un bien-être physique et moral dans ma vie. Toutefois, qu'adviendrait-il si cette relation s'arrêtait ? « Prends ce qui t'arrive, et profite ! » susurrait en moi la voix que j'utilise pour faire taire la Bête. La voix positive, enjouée, dynamique. Oui, mais... Si la natation avait joué en ma faveur auprès d'Alicia, quel effet celle-ci aurait-elle sur ma carrière de nageur au cas où nous poursuivrions très loin, très fort, puis rompions ? Cette relation introduisait, pour le meilleur et pour le pire, une donnée nouvelle dans ma vie trop bien réglée.

Je ne savais pas vers qui me tourner pour en parler. Le Grand Voss, toujours de bon conseil pour la fesse, aurait été capable de me dire : « Si t'en veux plus, je peux prendre le relais ! »

Jeanne m'aurait recommandé la vie monacale, au moins jusqu'aux championnats de France. Quant aux parents : « Tu sais que tu peux tout nous dire, tu seras toujours notre pitchounet... » Seulement, voilà : je n'étais pas motivé pour leur parler absolument de tout. Parce qu'on donne rarement des conseils d'adulte à un pitchounet.

Elle est entrée, les joues toutes roses, l'odeur du printemps dans les cheveux. J'ai enfoui mon nez sous ses boucles brunes avant de la fixer au fond des yeux. Il y avait encore cette étincelle, ce regard franc, un peu rieur, qui la caractérise. Quand on s'est embrassés, j'ai pensé que je ne méritais pas ce privilège. Le lycée regorgeait de prétendants ; en découvrant mon existence ennuyeuse, elle fuirait à grands pas. C'est peut-être pour cette raison que je l'ai embrassée comme dans les films, en la serrant très fort contre moi, mes lèvres plaquées contre les siennes.

– Pfiouu, quelle fougue, Nathan ! elle a soufflé. La sieste t'a requinqué ?

– C'est toi qui me requinques !

En débitant cette platitude, je me suis senti nul. J'ai baissé les yeux en faisant une petite moue genre « c'est pas terrible ce que tu viens de dire mon gars ». Sans commentaire, on est partis à rire, comme des tordus, à ne plus pouvoir respirer.

– C'est quand même gentil.

– Quoi donc ?

– De me dire que je te « requinque » !

En prononçant le mot, elle ouvrait des yeux ronds et surarticulait. Elle a effectué deux pas dans le couloir, puis elle a commencé à sauter comme un orang-outan en se battant le ventre avec les mains, tout en répétant « re-quin-queu », « re-quin-queu ». On est repartis à rire, et j'ai supplié :

– Arrête, j'ai mal aux abdos !

C'était vrai. La séance du matin les avait mis à rude épreuve.

Alicia m'a expédié un clin d'œil compréhensif, genre « pauvre petit chat malade », et elle a déambulé dans la chambre avec ses jambes immenses et affolantes. Elle observait chaque bibelot, un vague sourire flottant sur les lèvres. Son sourire est devenu franchement moqueur à la vue de mes piles de livres, dont certaines penchaient dangereusement.

Ensuite, elle a passé en revue mes posters de champions sur les murs, et, à en croire ses mimiques admiratives, elle ne trouvait pas ça dégueu. Elle a compté les soixante-huit modèles d'autocollants représentant les anneaux olympiques, qui tapissaient mon armoire jusqu'au sommet, et a conclu son énumération par un petit pet buccal admiratif.

Puis elle a désigné mon roman, sur la table de nuit. *Le Vicomte pourfendu*, d'Italo Calvino.

– Je l'ai lu aussi. Génial !

– C'est vrai ? T'as aimé ?

– Carrément ! Surtout la scène où la moitié mauvaise de Médard revient de la guerre.

– Ne m'en dis pas trop, s'il te plaît ! Je le commence à peine.

Elle a pris un air taquin, avant de me décocher un clin d'œil :

– T'inquiète. C'est quasiment au début.

– Ah... OK.

J'avais peur qu'elle me dévoile trop de choses, alors j'ai changé (un peu) de sujet :

– Et ton roman à toi, il en est où ?

Grand silence.

– Écoute, elle a dit en s'allongeant près de moi. Je préfère pas trop y penser. Je l'ai envoyé à dix éditeurs. Maintenant j'attends.

J'ai affiché une mine renfrognée. Je n'ai pas eu besoin de bouder longtemps pour qu'elle éclate de rire, se relève, attrape son sac, et en sorte la liasse de feuilles imprimées de frais qu'elle avait évidemment apportées pour me les faire lire...

– Tiens, les dix premières pages...

– J'aime beaucoup. Tu me montreras la suite ?

En m'entendant dire ça, je me suis senti morveux. J'étais incapable d'en exprimer davantage. Des impressions confuses se mêlaient dans ma tête : celle d'avoir entrevu des personnages, de m'être attaché à eux, et aussi l'envie de savoir ce qui allait leur arriver dans la suite de l'histoire ; à côté de ça, le sentiment que ce texte ressemblait à un bloc de matière brute, à peine dégrossie, à la surface de laquelle surnageaient des idées géniales mais aussi beaucoup de clichés, de répétitions, de coquilles et d'imprécisions... Pourtant, aucun mot supplémentaire n'a franchi mes lèvres. Alicia me regardait intensément, j'avais l'impression qu'elle se concentrait pour m'aider à expulser au moins quelques impressions. Mais rien.

– Combien de temps il t'a fallu ? j'ai demandé.

– Deux semaines. Les vacances de février, en fait. J'ai fait ça quasiment dix heures par jour.

Ça aussi, c'était Alicia. Tour à tour virevoltant comme une luciole et accrocheuse quand une chose la passionnait.

Je me souvenais du moment où elle avait évoqué ce chantier de roman. C'était au lycée, en étude, quelques jours avant qu'on sorte ensemble. Elle m'avait vu lire, avait engagé la conversation, puis après quelques minutes m'avait spontanément confié son projet. Alicia ne gardait rien pour elle, écrire faisait partie de sa vie, elle rêvait que ses mots se transforment en livres, et que ces livres se répandent partout comme des papillons, pour atteindre des lecteurs disséminés aux quatre coins de la planète. Elle ne conservait pas ça comme un secret inavouable. Du moins, l'inconnu que j'étais pour elle à cette époque ne lui avait-il pas semblé hostile au point qu'elle lui taise cette information.

– Tu veux que je te corrige les fautes ?

– Pas la peine. Il y a des correcteurs professionnels dans les maisons d'édition.

Je me sentais mal de ne rien avoir pu exprimer. Alors j'ai tenté :

– Tu sais, j'aimerais te dire plein de choses sur ton texte, mais j'y arrive pas. C'est pas pareil que pondre pour la prof de français un commentaire sur un texte dont l'auteur est absent, et mort depuis longtemps. Il faut peut-être que je le digère un peu.

– C'est ça, elle a grincé, attends que je sois morte et envoie-moi ton commentaire dans l'au-delà !

J'étais soulagé. Elle était forcément un peu frustrée, mais elle n'avait pas perdu son sens de l'humour.

On s'est serrés l'un contre l'autre. Elle a redit qu'elle aimait bien mon corps et j'ai songé que Jeanne, avec ses séances de torture, m'avait au moins laissé ça de bien.

Après, je n'ai plus pensé à rien, sauf à la philosophie du Grand Voss, et je me suis entièrement abandonné au plaisir que je ressentais sur chaque centimètre de ma peau. Comme si j'avais deviné qu'après ce jour-là, pour nous deux, les événements adopteraient une tournure beaucoup plus complexe.

6

– C'est bête que tu sois dispensé de natation, je t'ai vu nager une seule fois, a soupiré Alicia en ramassant ses vêtements éparpillés aux quatre coins de la chambre.

Après la première séance de piscine au lycée, j'avais obtenu l'autorisation, appuyé par Jeanne et les dirigeants du club, d'être exempté du cycle natation : pour avoir le maximum au bac, il suffisait de réaliser un chrono à la portée d'un nageur de dix ans. Je me pointerais le jour de l'examen, et économiserais ces séances fastidieuses de barbotage dans un bouillon de quinze lycéens débutants par ligne d'eau.

– Dommage, tu aurais peut-être réussi à me convaincre que nager en piscine, ça ne se limite pas à compter les carreaux de mosaïque au fond du bassin...

– Ma foi, rien n'est perdu... Tu peux toujours venir m'encourager à une compétition.

Elle a acquiescé vivement. Une fois rhabillée, elle s'est rallongée près de moi. Son regard s'est envolé par la fenêtre. Elle a murmuré :

– Moi, mon rêve, ce serait d'être publiée. Juste une fois !

Elle avait levé les jambes, façon chandelle, et elle pédalait dans le vide.

– Pourquoi juste une fois ?

– Parce que. Je préfère pas trop en demander.

Mes neurones cogitaient à cent à l'heure. Je n'intégrais pas cette logique.

– Les histoires, me semble-t-il, appellent d'autres histoires. Les auteurs écrivent parce qu'ils en ressentent le besoin absolu. Et on ne peut pas, me semble-t-il, éprouver ce besoin juste une fois.

Elle a arrêté de pédaler.

– « Te semble-t-il... Te semble-t-il... » Eh bien moi, je trouve que ce serait déjà super.

Elle s'est appuyée sur un coude, a planté ses yeux dans les miens.

– Bien sûr, j'aimerais publier plusieurs romans, enchaîner les succès, vivre une carrière d'écrivain comme on en rêve… Mais j'ai l'impression que si j'en attends beaucoup, je n'obtiendrai que des regrets pour le restant de mes jours. Comme si quelqu'un, là-haut, distribuait les récompenses et qu'on n'avait pas le droit de lui en demander trop.

Elle a pris ma main.

– Et toi ? T'as jamais peur d'en demander trop à la vie ?

– Mmm… Je me pose pas la question comme ça. Ce que je vise, c'est le graal absolu pour un sportif : l'or olympique. Et si je m'entraîne autant, c'est pour me donner un maximum de chances d'y arriver. Après tout, les champions olympiques sont des êtres humains, eux aussi. Alors, pourquoi pas moi ?

Là, je répétais les paroles de Florent Manaudou[1]. Je l'avais entendu, à la télé, expliquer très simplement – je dirais même humblement – cette philosophie du « Pourquoi pas moi ? », et je m'étais dit : « Mais bien sûr ! Voilà comment il faut penser ! » Hélas, appliquer la philosophie de Florent Manaudou était une autre paire de manches.

---

1. Florent Manaudou : nageur français champion olympique, champion d'Europe et champion du monde du cinquante mètres nage libre.

À l'intérieur de mon crâne, la voix lancinante de la Bête me soufflait : « C'est pas pour toi ! Tu rêves... »

J'ai ajouté, et c'est surtout à la Bête que je m'adressais :

– Jeanne, mon entraîneuse, prétend que ce qu'on obtient, on l'obtient grâce à ses efforts. Du coup, non, je ne crois pas trop en demander à qui que ce soit. Sauf, peut-être, à moi-même.

J'ai eu l'impression que mes paroles sonnaient faux. Comme si une autre personne s'exprimait à ma place.

– Tu as de la chance d'être au moins d'accord avec toi-même, a repris Alicia. Moi, à certains moments, j'ai l'impression d'entendre une voix qui me souffle : « Arrête ! C'est pas pour toi ! » Comme si les carrières littéraires, tout ça, c'était réservé à des personnes élues par les muses ou je ne sais quoi, et que je n'en fais pas partie, que je n'en ferai jamais partie. À d'autres moments par contre, je me dis que oui, il n'y a pas de raison ! Je me sens « appelée par ce destin » (excuse la grandiloquence...) et j'envoie balader cette parole négative qui souffle dans le fond de ma tête. Je l'ai nommée la Voix. Celle qu'il ne faut pas entendre. La Voix : mon ennemie intime, mon double pessimiste, nihiliste, masochiste... Celle que je dois faire taire par tous les moyens !

Alicia s'est interrompue. Elle m'a frictionné la tignasse :

– Tu dois me trouver bizarre, mon pauvre chou.

J'ai voulu dire que non, que je la comprenais tout à fait. Dans une certaine mesure, l'écriture, travail solitaire, et la natation, sport individuel, se ressemblaient : malgré le soutien de nos proches, on avançait tout seuls dans notre bulle. J'ai voulu lui parler de la Bête, c'était la première fois que j'avais l'occasion de l'évoquer. Impossible. Les paroles s'accumulaient contre mes dents, ne parvenaient pas à franchir la barrière de mes lèvres. Comme si le sujet était trop gros pour passer.

Alicia observait, sur une étagère, mes trophées rapportés de meetings et de compétitions régionales. Elle a sauté au bas du lit, s'est approchée de l'étagère.

– *Championnats de Provence... Meeting de Villeurbanne... Meeting de Genève...* C'est à toi, ça ? Toutes ces médailles d'or ?

– Il y en a aussi en argent et en bronze, j'ai précisé, faussement modeste.

– Mais c'est génial, Nathan ! On a des stars au lycée ! T'es déjà passé à la télé, comme Romain ?

– Non. Tu penses... La natation n'est pas si médiatique. La télé diffuse seulement les très grandes manifestations. La plupart de ces médailles, je les ai obtenues dans ma catégorie d'âge quand j'avais quinze, seize ans.

– Aujourd'hui, tu n'en as plus, de médailles ?

– Si j'en ai à la prochaine compétition, ce sera vraiment le début de quelque chose de sérieux.

Elle me regardait sans me voir. Ou plutôt, j'avais l'impression qu'en me regardant, elle voyait quelqu'un d'autre. Je sais aujourd'hui que cette impression n'était peut-être pas dénuée de fondement, et que si j'y avais prêté davantage attention, les choses auraient pu tourner différemment.

Elle s'est assise sur mes genoux, a passé une main autour de mes épaules.

– J'aimerais assister à une séance d'entraînement. Je suis sûre que c'est très beau.

– Pas certain que Jeanne acceptera. Elle veut pas qu'on ait la tête ailleurs.

– La « tête ailleurs »... C'est-à-dire à sa petite chérie, hein ?

Elle dodelinait de la tête, une lueur provocatrice dans le regard.

– Bon, elle a dit en revenant se planter à portée de mes lèvres, tu m'apporteras au moins un film, quelque chose, pour que je puisse te voir nager ?

– Je vais essayer.

– Cool. Maintenant, tu m'en voudras pas, je dois aller garder mes petits frères. Quant à toi, tu vas doucement reprendre le chemin de la piscine...

Et elle a disparu, en m'offrant un baiser, et quelques éclats de rire.

7

Samedi soir, on s'est autorisé un petit ciné. Et à la dernière séance, s'il vous plaît ! C'est parce que le dimanche, côté piscine, il y a relâche. Jeanne nous demande seulement de ne pas « faire les zouaves ». Dans son jargon emprunté au siècle dernier, ça veut dire « participer à des activités susceptibles de nous blesser (foot, roller, basket...), de nous rendre malades (bain de minuit, murge sur la plage...), de nous fatiguer (ni boîte ni fête) ». Bref, le ciné, ça restait négociable, à la condition que je rentre faire dodo juste après.

On s'est retrouvés devant l'*Eden*, avec Alicia et Romain. L'idée, venue d'Alicia, c'était de se faire plaisir en offrant à son cousin une occasion de se changer les idées. Qu'il ait arrêté la natation, et ne soit pas non plus devenu un grand lecteur, ça me chagrinait bien un peu, mais après tout, on ne peut pas tous être passionnés par les mêmes sujets. Par contre, que Romain en vienne aussi à perdre son humour, ça, ce serait vraiment une catastrophe. L'humour de Romain, c'était une composante essentielle de sa personnalité, un organe aussi vital que son cœur ou ses poumons. Alicia et moi, nous ne le laisserions pas devenir un clown triste !

Pour tout dire, elle et moi, on s'était donné rendez-vous une demi-heure avant, sur la promenade qui fait face au cinéma. C'était sympa de voir le jour se coucher, avec la mer devant nous, les lumières de Saint-Cyr qui s'allumaient de l'autre côté de la baie, et le plus vieux cinéma du monde derrière nous. Le bâtiment offre un charme désuet, entre salle de projection et théâtre. C'est un endroit hors du temps, hors des modes, une jonction exacte entre toutes les périodes artistiques, imprégné d'une certaine idée du plaisir. Exactement ce qu'il fallait, selon nous, à Romain.

On avait choisi une comédie récente, avec Jean-Pierre Bacri, Jean-Paul Rouve, Gilles Lellouche : *Le Sens de la fête*. L'histoire d'un type qui doit organiser le mariage d'un gars de la haute, pénible à baffer, dans un château m'as-tu-vu, avec une équipe de bras cassés au bord de la révolte. Le film à gags, assez rythmé, bien joué, avec un brin de suspense (on se demande si le type va réussir à organiser son truc, et aussi à quel moment le gars de la haute se prendra la baffe qu'il mérite). Bref, le sujet nous semblait adapté à l'état d'esprit de Romain. On avait vraiment envie de lui changer les idées, comme à un gamin auquel on dit « regarde ça, c'est rigolo », en espérant le consoler.

Depuis notre rencontre à la médiathèque, Romain ne s'était pas transfiguré. Il arborait toujours une petite mine et un regard fuyant. Si les quelques mots échangés avant la séance faisaient encore illusion (« Ça va ? Ouais, tranquille... Vacances, quoi ! »), ceux qu'il a lâchés en sortant ne laissaient aucun doute : il était toujours au fond du trou.

– Le film était sympa, mais bon.

– « Mais bon », quoi ?

– J'en ai un peu marre de la vie, là.

– Ta ta ta... a persiflé Alicia en l'entraînant vers le bord de mer. Dis-nous, cousin. Dis-nous tout.

– C'est ce truc, là : la télé. Vous savez, le rectangle coloré à l'intérieur duquel les gens s'agitent comme des poissons dans un aquarium.

– Oui ?

– J'en ai assez qu'on se moque de moi. Le « trou », le « jeté de cheveux ». Marre d'avoir du succès seulement auprès des gamines du collège, j'ai dix-huit balais, merde ! Je rêvais de passer à la télé, je me demande maintenant pourquoi. Qu'est-ce qui me plaisait tant ? Un besoin d'être aimé, admiré ?

– On a tous ce besoin, j'ai dit en adoptant malgré moi la posture d'un vieux sage. Il ne faut pas en avoir honte, moi aussi j'ai envie qu'on m'admire quand je nage.

– Oui, mais toi, ce que tu fais, c'*est* admirable. Parce que c'est tarpin dur. Si tu passes un jour à la télé, ce sera pour avoir accompli quelque chose de rare, comme... je sais pas, moi, les acteurs, les chanteurs, ou les magiciens... Mais moi, je fais quoi de rare ? Je suis vautré dans un canapé et je débite des choses horribles. Un vrai caramel ! Et un mou, en plus !

Il s'est installé face à nous, sur un banc de la promenade, se parodiant lui-même en train de parler à un micro imaginaire, en rejetant ses cheveux en arrière d'un geste étudié et exagéré. Alicia et moi, on s'est lancé un petit coup d'œil, partagés entre l'envie de rire et un certain malaise. Il s'est redressé, a repris :

– Et la plupart de mes paroles sont contrôlées par la production. Vous avez peut-être remarqué qu'on utilise tous un peu le même vocabulaire.

– C'est pareil dans toutes les émissions, j'ai dit. Par exemple, je suis une émission de cuisine : une année tous les candidats utilisaient l'expression « on lâche rien » ; l'année suivante plus personne ne disait ça. Les réalisateurs de ces trucs essaient de capter l'esprit du moment pour que ça paraisse réaliste, et ils sélectionnent des expressions qui leur semblent refléter l'air du temps, mais on sait bien que c'est du flan.

– C'est de la réalité retravaillée. Les émissions de cuisine, de chanson, ou de danse, malgré un enrobage cucul, des dialogues peu crédibles et des larmes filmées en gros plan, c'est encore admirable parce que, ce qu'ils font dans leur domaine, c'est dur, et il y a du niveau aux sélections. Mais moi, j'ai juste eu la chance que ma gueule plaise aux recruteurs. Quand je pense qu'on me fait parler en verlan ! Il faut que je dise « keum » et « meuf » et « teuf » et tout ce genre de trucs. J'ai jamais dit ça de ma vie, moi... Ils m'ont même obligé à dire « méga » à la place de « tarpin » ! « Méga », vous entendez ? Comme dans les vieux films de science-fiction que regarde mon grand-père... Ils imaginent que ce sera compris par plus de monde, et ils ont sans doute raison, mais c'est pas *moi* qui parle. Et ce débile profond avachi dans son canapé qui dégueule des méchancetés pour enfoncer les autres candidats, c'est pas moi non plus.

– Et les autres participants, qu'est-ce qu'ils en pensent ? a demandé Alicia.

– La même chose, je crois, mais il y en a quand même qui veulent continuer.

– Pour l'argent ?

– Oui. C'est pas qu'on gagne autant que des footballeurs, mais à notre âge, ce qu'on nous donne, ça fait quand même un peu rêver. Et encore, moi, je venais de nulle part, alors j'ai pas encapé le meilleur contrat. Ceux qui avaient déjà fait M6 ou TF1 ont eu mieux. J'ai rencontré là-bas des « professionnels » de la téléréalité. Certains se définissent comme des « intermittents du spectacle », payés pour glandouiller devant un million de téléspectateurs ! Seulement, c'est au détriment de notre avenir : je me prends que des bananes en cours et si je rate mes études c'est pas les quelques euros grappillés à la télé qui vont m'aider plus tard. En plus, ici, j'ai chopé une réputation pourrie. Il y a peut-être des gamines qui m'admirent à l'autre bout de la France, mais dans ma ville, passé le premier réflexe, « ouah, le mec, là, il est passé à la télé », on s'habitue, on se rend compte que j'ai deux bras et deux jambes comme tout le monde, puis on se met à ricaner quand on me voit. Et là, sans caméra et sans montage pour sélectionner mes bons mots, il suffit qu'un minot un peu vif m'enfonce et je perds la face.

– Et tu peux pas *perdre* ? a demandé Alicia.

– Qu'est-ce que tu crois ? C'est pas moi qui décide. Rien n'est tourné en direct, sinon il suffirait que je leur fasse un coup de pute, genre tout révéler à la caméra, et que je parte en grand seigneur, mais là, impossible. J'ai l'impression de vivre deux vies parallèles, d'incarner deux personnages. Et je perds complètement les pédales. Celui de la télé est en train de dévorer l'autre...

– Tu leur en as parlé ? a demandé Alicia.

– Oui. Ils m'ont promis de me « relâcher » dans trois émissions, ou quatre. Parce que, n'est-ce pas, on est entrés dans une dimension que personne ne maîtrise vraiment. Même si on est très fortement guidés, il y a malgré tout un minimum d'impro. C'est ça qui plaît dans la téléréalité : c'est pas du cinéma, mais ça n'a rien à voir avec la réalité. C'est la réalité utilisée au service d'une fiction.

Sans qu'on s'en aperçoive, nos jambes avaient commencé à marcher. On avait pris le chemin du centre-ville, où nos trois itinéraires allaient se séparer. Romain marchait plus souplement, plus librement, comme si ses confessions lui avaient enlevé un peu de poids.

8

Jeanne travaillait avec la vidéo. Elle utilisait une caméra qui lui permettait de nous filmer sous l'eau. Parfois, elle confiait son chrono à Bérenger, l'entraîneur second, pour jouer les reporters du bord de bassin, attentive à capter nos mouvements parasites, et les postures de nage nuisant à une glisse parfaite. À cause de sa hanche, elle renonçait à certaines positions compliquées, par exemple s'accroupir au pied du plot quand on répétait nos départs. Alors Bérenger s'y collait pour cadrer de magnifiques contre-plongées de nos plongeons...

À la fin de la séance, Jeanne effectuait régulièrement un point vidéo avec nous après avoir sélectionné différentes prises.

C'était une perfectionniste, elle préparait ses entraînements jusque tard dans la nuit, afin de ne rien négliger. Pour ma part, j'acceptais cette idée de ne pas être seul maître à bord. Jeanne observait, analysait, et trouvait le mot juste pour m'aider à progresser encore. Elle avait l'amour des mots, ceux qui motivent, ceux qui calment, ceux qui fouettent comme un coup de mistral et permettent de puiser encore plus profond dans des réserves insoupçonnées. Parfois, un mot peut faire basculer d'un côté, ou de l'autre. Je crois que la plus grande qualité de Jeanne, c'est de les utiliser à bon escient. Et même si, avec les autres au vestiaire, je la traitais de tortionnaire, j'appréciais ma chance de l'avoir comme entraîneuse.

Ces derniers temps, sa boiterie s'était intensifiée. Le Grand Voss la disait coriace, selon lui nous ne percevions que la partie émergée de sa douleur. Il aimait les phrases, le Grand Voss. N'empêche, il connaissait bien Jeanne, depuis qu'il nageait dans son groupe.

– Elle va se faire opérer, il a dit un jour. Mais après les championnats de France.

– Opérer de quoi ? j'ai demandé.

– De sa tumeur à la hanche.

Je suis tombé des nues. Je croyais qu'il s'agissait d'un problème mécanique, malformation congénitale ou arthrose précoce. Le mot « tumeur » allumait aussitôt les voyants rouges.

– Un truc qu'elle traîne depuis longtemps. À dix-sept ans, une douleur persistante à la hanche l'a amenée à consulter. Diagnostic : un ostéosarcome. Un cancer des os de la hanche (ne me demande pas lesquels...). Ce cancer a été soigné, et pendant dix ans il est demeuré inoffensif, mais elle a dû interrompre le haut niveau à cause de ça, à seulement dix-huit ans. Ton âge... Heureusement, à l'époque, sa vie n'était pas menacée. Puis, ces derniers mois, la tumeur a évolué, il y a eu récidive. Une récidive très brusque, qui demanderait une intervention d'urgence.

– Alors pourquoi elle se la fait pas enlever tout de suite ?

– À cause des championnats. Elle ne supporterait pas de nous voir nager depuis une chambre d'hôpital.

En effet, j'imaginais mal Jeanne piaffant d'impatience dans son lit en nous regardant évoluer sur l'écran. Enfin, « nous »... Le Grand Voss certainement : médaillé de bronze sur deux cents mètres papillon l'année dernière, il pouvait jouer l'argent ou l'or cette année. Quant à moi, pour apparaître à la télé il me fallait accéder à la finale A, et donc me classer parmi les huit premiers à l'issue des séries du matin. Ça signifiait grignoter une bonne seconde sur mon meilleur chrono.

À la sortie de la piscine, j'ai attendu Jeanne pour cette histoire de film. Je n'en menais pas large parce que j'avais toutes les chances de me faire envoyer sur les roses.

– Alors, P'tit Bout, qu'est-ce que tu racontes ?

C'était Sam Pitbull, le mec de Jeanne, qui venait parfois la chercher sur sa moto de rockeur, avec son blouson de rockeur, ses lunettes noires de rockeur, et sa barbe de hipster. Sam Pitbull (Sacha Piteau dans le civil) ne supportait pas les chiens, mais il trouvait le pseudo assez rock, alors il l'avait adopté. Jeanne détestait ce nom de scène, qu'elle trouvait affreusement ringard, mais il faut croire qu'elle appréciait suffisamment le bonhomme pour accepter aussi son pseudo.

Il m'appelait P'tit Bout depuis la première fête de la piscine. C'est vrai qu'à l'époque je faisais partie des plus petits. Heureusement que j'avais pris quelques centimètres, surtout pour un sport où posséder de « longs segments » n'est pas inutile.

– J'aimerais bien voir Jeanne.

– Ha ! ha ! Écoutez ça : ce jeune homme « aimerait bien voir Jeanne ». Ma chérie, quoi ! Mais dis, tu l'as pas vue assez aujourd'hui ? Deux heures le matin, trois heures le soir. Eh ! C'est un peu à moi maintenant...

Sam en rajoutait des tonnes, il grimaçait, me bourrait le ventre de fausses tapes. Puis, sans transition, il m'a entouré les épaules de son bras intégralement tatoué :

– Qu'est-ce que tu lui veux, à Jeanne, P'tit Bout ?

Je rigolais. Celui qui m'appelait P'tit Bout mesurait maintenant une demi-tête de moins que moi...

– J'aimerais bien qu'elle m'envoie un film.

– Quel genre ? Western ? Aventures ? Pirates ? Amour ? Cul ? Dis toujours, si je peux t'aider...

– Non, tu peux pas, Sach'.

C'était Jeanne. Avec cette voix sépulcrale de quand elle sait très bien ce que je veux, et qu'elle s'apprête à dire non.

– On en a déjà parlé : Nathan veut que je lui envoie un film de lui en train de nager.

– Ah, OK ! Celui aux huit oscars ?

– Tout juste, elle a dit en plaquant un baiser sur les lèvres de son rockeur. Le problème, c'est que Nathan intellectualise ses courses. Il se regarde trop nager. Alors les films, je les garde. On les utilise comme instruments d'analyse, mais je veux pas que tu en abuses, P'tit Bout. Tu deviendrais un observateur, tu sortirais de ta course.

– C'est pour ma sœur, j'ai tenté. Elle veut voir comment ça fait sous l'eau.

– Ta sœur ? Elle a bon dos, ta sœur.

En improvisant cet argument, je ne mentais pas : Charline, elle aussi, voulait voir ça.

– Tu peux lui demander, je te promets que c'est vrai !

Le rockeur a enroulé son autre bras autour des épaules de Jeanne :

– Bah, envoie ses images à P'tit Bout. Si ça se trouve, c'est pour sa petite copine.

Jeanne a fait « grrr »... Il s'est repris :

– Ah oui ! c'est vrai que t'aimes pas bien quand tes nageurs ont des aventures. Tu préfères qu'ils pensent à toi !

Malgré ses douleurs à la hanche, elle l'a poursuivi sur quelques mètres pour lui botter les fesses. Puis elle est revenue vers moi :

– OK. La séquence de ce matin. Mais ne la regarde pas pendant des heures ! Promis ? Je te fais confiance ?

J'ai pris mon air de petit garçon sage, et on s'est dit : « À demain, sur le bord du bassin ! »

– Je peux l'embarquer, maintenant ? a jeté Sam en désignant Jeanne.

Elle lui a retourné une calbotte sur l'occiput, déclenchant le ricanement chevrotant qu'il maîtrise à merveille, et ils ont escaladé sa moto.

9

Le lendemain, juste après la sieste, texto d'Alicia : *T'as les images ?*

J'avais les images, oui, mais je craignais que ces prises de vues techniques, ces angles choisis par Jeanne et Béranger, ne correspondent pas à ses attentes. On n'était pas dans un documentaire sur les dauphins, on était dans une pure analyse pour un pur exercice.

Oui, je les ai. Ça dure pas longtemps mais on voit bien les coulées. Enfin, des tentatives de coulées...

J'en faisais peut-être trop dans la fausse modestie : Jeanne avait relevé mes progrès dans les parties sous-marines, et elle avait trouvé ces coulées plutôt réussies. En même temps, « plutôt réussies » n'est pas synonyme de « parfaites ».

Tu me les envoies ou je passe les visionner chez toi ?

Bien sûr, j'avais envie qu'elle passe. J'en avais même *besoin*, afin d'être tiré hors de ma bulle, où je tournais en rond, pensant à ma course, uniquement à ma course, comme un forcené. Le décompte des jours m'obsédait, et le chuchotement bien connu gagnait de l'ampleur dans mon crâne.

J-9.

Neuf petites journées me séparaient de mon deux cents mètres brasse des championnats de France. De ces deux minutes quinze secondes (si les pronostics de Jeanne se confirmaient) qui occupaient chaque jour plus de place dans ma tête. *A priori*, j'aurais dû aborder l'épreuve sereinement : tous les voyants étaient au vert. Mais justement, la petite voix intérieure me disait que ce n'était pas normal. Il y avait forcément un hic. « Deux minutes quinze secondes... Tu ne sais pas ce que c'est. Tu ne l'as jamais fait ! » susurrait la Bête. Et en effet, j'allais réaliser quelque chose que je n'avais jamais réalisé auparavant. Donc quelque chose d'impossible. D'impossible jusqu'ici. La voix de la raison me soufflait que j'avais beaucoup travaillé pour, et que je devrais logiquement réussir. Toutefois, cette limite jamais atteinte me confrontait à un dilemme. À présent que j'en étais tout proche, la peur de l'après me minait. Certes, depuis mon premier deux cents mètres brasse, à l'âge de dix ans, j'avais dévoré plusieurs dizaines de secondes. Mais cette fois c'était différent : je n'allais pas seulement passer dans une autre dimension chronométrique. Cette fois-ci, à la clé, il y aurait une place en équipe de France juniors, un nouveau statut à assumer. Je sortirais de l'anonymat confortable dans lequel j'avais jusqu'ici rêvé ma sélection. Je partirais en déplacement avec d'autres juniors, sans Jeanne, sans Bérenger, sans mes habituels camarades d'entraînement. La perspective de cette sélection dont j'avais tant rêvé, soudainement, soulevait chez moi une vague de tristesse. Cela marquerait l'aboutissement d'un processus. Comme une mue.

« Abandonne. La marche est trop haute pour toi ! » Le chuchotement, insidieux, prenait possession de mes pensées. Il fallait que je réagisse.

J'ai texté sans hésiter :

Viens si tu veux. À deux, c'est mieux !

Là, j'avais fait du Benjamin Votrass. Le Grand Voss collectionnait les expressions équivoques, et il les replaçait dans chaque recoin de la conversation, surtout si une fille se trouvait à proximité.

Alicia, jouant le jeu, a répondu :

J'arrive !!!

Quand elle a franchi le seuil, elle avait perdu les trois points d'exclamation. Je ne l'avais jamais vue comme ça. Épaules basses, regard fixe, dents serrées. On aurait dit que le monde entier l'écrasait.

Je lui ai pris les mains, et j'ai soufflé délicatement sur son front pour écarter une mèche :

– Qu'est-ce qui t'arrive ?

Elle m'a tendu son portable.

– Lis !

Sur l'écran, un mail à l'en-tête des éditions Chaloupe :

Bonjour,

Notre comité de lecture s'est réuni au sujet de votre texte.

Nous avons tous.tes noté la force de l'idée principale, des péripéties intéressantes et une chute qui fonctionne.

Dans votre lettre de présentation, vous indiquez votre âge : dix-sept ans, ce qui est très prometteur mais, peut-être, un peu jeune. En effet, votre écriture mériterait d'être encore travaillée, débarrassée de certains clichés littéraires. Les personnages, eux aussi, manquent de profondeur, et leurs comportements ne semblent pas toujours crédibles.

Nous espérons que ces éléments de réponse vous permettront de comprendre pourquoi nous ne souhaitons pas retenir votre manuscrit. Toutefois, si vous disposez à l'avenir d'un texte plus abouti, nous serions ravi.e.s de le lire.

En attendant, forgez votre plume, sans précipitation. Considérez l'écriture comme une activité exigeante, et lisez, lisez, lisez.

Nous vous souhaitons bonne chance pour la suite !

Bien cordialement,

Le comité de lecture

Alicia a récupéré son portable et l'a jeté sur mon lit.

– Des vieux cons ! Ils ont rien compris du tout. « Un peu jeune »... Et alors ? C'est un crime ? Rimbaud avait dix-sept ans, non ? « Lisez, lisez, lisez. » Je vois pas le rapport. Ce que je veux, moi, c'est écrire !

Tandis qu'elle marchait de long en large, en moulinant des bras pour ponctuer ses phrases, j'essayais de poser ma main sur son épaule, afin de l'apaiser. Peine perdue ! On l'aurait crue montée sur ressorts.

– « Considérez l'écriture comme une activité gna... gna... gna... mérite du travail gna... gna... gna... » Mais on n'est pas à l'école, merde ! Moi, j'écris au feeling ! Je prends les mots comme ils viennent, et basta ! Rassure-moi, Nathan, l'écriture, c'est bien une activité artistique ? Ar-tis-tique !

Elle avait agrippé mon tee-shirt et cherchait au fond de mes yeux une confirmation à ses paroles. Tout en acquiesçant, je songeais au comité de lecture. Ces gens avaient lu infiniment plus que nous, et ils recevaient chaque semaine des tonnes de manuscrits. Si l'écriture d'Alicia contenait trop de « clichés littéraires » à leurs yeux, c'est peut-être qu'elle n'avait pas assez travaillé. À titre personnel, je n'avais jamais pris la plume, si on excepte quelques poèmes très kitsch et un journal de bord commencé à treize ans, abandonné à quatorze. Mais je supposais qu'en matière artistique, il se passait probablement la même chose que dans le sport : nul ne parvient à percer sans une forte dose de travail. On n'avait pas encore vu d'athlète se pointer aux jeux Olympiques les mains dans les poches, et déclarer :

– Moi, je ne me suis pas du tout entraîné. J'ai le feeling de l'eau, ça suffira largement. Et si le chrono ne me classe pas premier, c'est qu'il n'aura rien compris à ma personnalité !

Oui. Mais comment dire ça à votre petite copine adorée, quand elle vient de recevoir une grosse claque ? Je l'ai serrée très fort dans mes bras, et j'ai murmuré :

– T'as raison. Ils ont rien compris.

10

Une fois confortablement allongés, ma tablette posée à la tête du lit, nous avons lancé le film. Deux minutes trente de coulées *non stop*, qui résumaient vingt minutes d'exercice pendant lesquelles Jeanne et Bérenger s'étaient affairés auprès de nous, jouant tantôt les coachs, tantôt les cameramen.

– Tu peux remettre ? J'ai adoré !

C'était la troisième fois que je cliquais sur *replay*, ravi qu'Alicia ne trouve pas mes acrobaties rébarbatives. Elle observait chaque mouvement, hypnotisée.

– C'est trop génial ! elle a dit après le cinquième visionnage. Quand on n'y connaît rien, on n'a aucune idée de tout ce qui se passe là-dessous.

– Et qu'est-ce qui se passe ? j'ai demandé, curieux de récolter un avis extérieur.

– Je sais pas comment dire... On croirait un poisson, tu es à la fois souple et tonique, tu glisses dans l'eau sans accroc. Ça doit être vraiment grisant !

Le mot me paraissait juste. Certes, la natation n'est pas exactement un sport de vitesse... en comparaison avec la formule 1 ou le ski. Pourtant, elle procure une certaine griserie. Surtout en période d'affûtage, où les sensations sont démultipliées.

Alicia a expédié vers la poubelle les Kleenex qu'elle avait utilisés pour calmer son chagrin éditorial, et elle s'est lovée tout contre moi. J'étais bien. Je ne pensais plus à la Bête. En visionnant les images, j'avais conservé un certain recul, comme si je me voyais à travers les yeux d'Alicia.

– Dis... J'ai encore une mauvaise nouvelle.

C'était la journée. J'ai cherché dans le regard d'Alicia l'étincelle d'espièglerie qui aurait pu signifier : « Mais non, je te chambre. » En vain.

Elle s'est redressée sur un coude et elle m'a accordé un pauvre sourire, pour atténuer la portée de ses propos :

– J'ai croisé ton entraîneuse dans la rue, tout à l'heure. Elle attendait le même bus que moi.

– Tu connais Jeanne ?

– De vue.

– Et donc ?

– Elle n'allait pas très fort.

– Tu veux parler de sa hanche ? Elle boitait ?

– Oui. Mais surtout, elle était très pâle. Au moment de monter dans le bus, un type a dû la retenir parce qu'elle a manqué s'évanouir.

Là, j'étais vraiment inquiet. Je repensais à ce que le Grand Voss m'avait dit : son cancer et l'urgence qu'il y avait à opérer.

– Et après ?

– Le bus a démarré sans elle. J'ai l'impression que le type l'a aidée à s'asseoir sur un banc.

– J'en saurai plus à l'entraînement, ce soir. J'espère que c'est pas grave.

– Moi aussi.

J'ai proposé à Alicia de la déposer. Elle a enfilé le casque de Charline et a grimpé sur mon scooter.

J'aime ce trajet qui descend jusqu'au centre-ville. Mes parents ont eu la bonne idée d'aller se nicher dans les quartiers hauts, qui dominent le golfe de La Ciotat. Déjà dans la colline, et à deux pas du centre-ville. Notre maison n'est pas la plus luxueuse, et aucune fenêtre ne donne exactement sur la baie (ça aurait coûté plus cher…) mais depuis ma chambre on peut admirer le Bec de l'Aigle, un grand rocher roux qui surplombe la mer. Avec le scooter, depuis la rue très raide qui descend de chez nous, j'aime voir se rapprocher la ville, et plonger au milieu de ses tuiles rouges.

– Je voudrais pouvoir écrire tout ça, m'a dit Alicia, que j'ai dû faire répéter à cause du vent dans mes oreilles.

Dans le rétroviseur, je distinguais sa main, brossant le paysage. On avait au moins un point commun, celui d'aimer cette vue.

On n'a plus parlé jusqu'à chez elle. Quand je l'ai déposée devant son immeuble, je lui ai demandé :

– Tu penses en écrire un autre ?

– Pas impossible, elle a minaudé avec une moue un peu boudeuse. Mais avant, je peux toujours espérer... Neuf éditeurs n'ont pas encore répondu.

Elle avait de la suite dans les idées. Après tout, il était envisageable que les éditions Chaloupe se soient trompées.

– Tu sais, Alicia, je repense au mot du comité de lecture...

– Oui ?

– Quand ils disent : « Lisez, lisez, lisez. »

– Eh ben ?

– Ça me rappelle Jeanne, qui nous recommande d'observer attentivement les grands nageurs, quand on a la chance d'en croiser en meeting, pour nous imprégner de ce qui se fait de mieux.

– Quel rapport avec les livres ?

– Je me disais que, peut-être, en lisant d'un œil critique les autres auteurs, tu pourrais aussi affiner ta plume. Voir ce qu'il est possible de faire avec les mots, avec la langue, pour proposer ensuite autre chose.

Elle est restée silencieuse un instant. J'avais peur de l'avoir contrariée. Puis elle a secoué la tête :

– C'est pas pareil, Nathan. Le sport et les métiers artistiques, ça n'a rien à voir. Toi, tu me parles de travail, et je le comprends, parce qu'il te faut de la force, de l'endurance, tout ça... Mais moi, je suis dans le domaine du feeling, l'idée qui surgit et qu'il faut capter. Ça n'a aucun rapport.

Je n'ai pas insisté, pourtant je continuais à penser que les muscles ne sont qu'un instrument, comme la voix du chanteur, ou les mots de l'écrivain. Ce qui importe, c'est de parvenir à les utiliser au mieux. Et pour ça, il doit falloir du travail. Beaucoup de travail.

– Ne t'inquiète pas, m'a dit Alicia en m'embrassant le bout du nez. Il me reste encore neuf chances.

Je te remercie de m'avoir raccompagnée. Nage bien. À demain ?

– À demain.

J'ai récupéré le casque de Charline et j'ai filé en direction de la piscine.

11

– Je t'ai vu !

Le Grand Voss attachait son scooter près du mien. À intervalles réguliers, il relevait la tête comme un pivert :

– Je t'ai vu ! Je t'ai vu !

– Tu m'as vu, oui, j'ai compris ! j'ai répliqué en le bâillonnant d'une main. Et tu veux que je te demande : « Où tu m'as vu ? » C'est ça ?

Il a ôté ma main de devant sa bouche, libérant un large sourire :

– Je t'ai vu raccompagner ta caille !

C'était donc ça ! Il avait dû passer au pied de l'immeuble d'Alicia, cinq minutes plus tôt.

– Pas mal roulée. Si t'en as marre, tu me la gardes au chaud ?

À tous les coups, on y avait droit. Les filles, ça allumait les yeux du Grand Voss. Les paroles salaces suivaient.

Pourtant, il n'a pas épilogué avec sa balourdise habituelle sur le sujet. Il a observé furtivement les alentours, et m'a attiré vers lui.

– T'es au courant pour Jeanne ?

– Un peu.

– T'es au courant de quoi ?

– Ben, je sais qu'elle a eu un malaise en attendant le bus.

– Un malaise, exact. C'était pas le premier cette semaine (elle m'a dit de pas trop en parler). Mais cette fois, ils l'ont emmenée à l'hosto.

Le ciel me tombait sur la tête. Malgré ce que m'avait raconté Alicia, j'espérais retrouver Jeanne au bord du bassin. En quatre ans de présence dans son groupe, je ne l'avais jamais vue s'absenter. Même grippée jusqu'à la moelle, elle demeurait à son poste, communiquant par signes (autoritaires) lorsqu'elle chopait une extinction de voix. J'étais incapable d'envisager un entraînement sans Jeanne.

Le Grand Voss m'a pris par les épaules :

– Gros, je sais ce que tu ressens. Pour moi, c'est pareil.

Ce devait être pire, car lui en était à sa septième année dans le groupe Élite. Il avait intégré la toute première fournée, quand Jeanne avait pris en main le haut niveau. Elle l'avait cueilli encore ado, grand échalas doté d'une technique épouvantable, et elle avait forgé ce bijou, ce futur grand champion du deux cents mètres papillon, dont chaque ondulation me laissait admiratif.

Il a avalé sa salive avec difficulté :

– Nathan... Il faudra être forts, tous les deux. C'est seulement comme ça qu'on pourra aider Jeanne.

Les autres arrivaient, précédés d'un Bérenger à la petite mine. Il sortait sans doute de l'hôpital, avec des nouvelles plus fraîches que celles du Grand Voss.

– Les gars, vous ne traînez pas ? Séance spéciale aujourd'hui, j'aimerais vous parler avant de commencer.

12

En période d'affûtage, les séances d'entraînement sont moins longues, on a du temps pour autre chose. Moi, j'ajoute un peu de cuisine à mes moments de lecture. J'aime surtout faire des gâteaux. Le côté perfection me fascine, en pâtisserie le dosage est primordial. Pour quelques grammes de trop, on peut foirer une recette.

J'ai commencé par le gâteau au yaourt, comme à peu près tout le monde. Puis les cakes, au citron, à la banane, au chocolat. Ensuite je me suis lancé dans les tartes, et dans des confections plus périlleuses.

Officiellement, je destine mes gâteaux à sœurette Charline, mais en vérité je l'aide pas mal à curer les plats… Cinq heures de sport par jour, ça vous creuse un trou énorme dans l'abdomen ; quand je rentre le soir, je dévore comme s'il était percé. J'engrange, j'engrange, il paraît que je fais peur !

Après mon premier entraînement sans Jeanne, j'ai confectionné des gâteaux toute la soirée. Au chocolat, aux amandes, à la rhubarbe... Je repensais à ce début de séance avec Bérenger. Le pauvre avait l'air paumé. Il toussotait après chaque phrase, se frictionnait les mains, consultait son chrono éteint, comme en attente d'instructions précises.

– Certains d'entre vous le savent déjà, Jeanne est absente jusqu'à nouvel ordre. Elle doit subir une opération à la hanche dans les jours à venir. Je l'ai vue cet après-midi, elle avait l'air confiante. Vous pouvez bien sûr aller lui rendre visite à l'hôpital, ça la réconfortera. Quoi qu'il arrive, elle vous demande de foncer et si vous ne le faites pas pour vous, faites-le pour elle.

Il a laissé sa dernière phrase imbiber le silence. Puis il a encore consulté son chrono muet, l'a fait tournoyer trois fois au bout de sa ficelle, et a levé la tête en esquissant un rictus :

– Les prochains entraînements que je vais vous proposer ont été élaborés avec Jeanne. Alors si ça pique, je vous en prie, ne m'en rendez pas seul responsable !

On s'est levés, et on a commencé l'échauffement à sec. La salle de muscu n'avait jamais connu un tel silence ; nos moulinets de bras et nos rotations du bassin revêtaient un aspect solennel. On aurait dit une cérémonie façon Temple solaire.

L'apparition de Charline dans la cuisine, cheveux emmêlés et mine ensommeillée, a balayé mes pensées.

– Qu'est-ce qui se passe, pitchounette ? Tu dors pas ?

– Nan, j'y arrive pas.

– Assieds-toi, j'ai dit en tirant une chaise près de la mienne. Raconte-moi.

Charline n'était pas facile en ce moment. Elle avait un an d'avance et, à dix ans, elle avait reçu de plein fouet la mentalité collège.

Elle a négligé la chaise pour s'installer sur mes genoux, comme avant, quand je l'appelais « ma gâtée pitchoune adorée de mon cœur qui bat très fort » en lui faisant des chatouilles partout.

– Nathan...

– Oui ?

– Tu crois que je pourrai rencontrer une licorne, un jour ?

On y était. Charline se passionnait pour les licornes, comme beaucoup de petites filles. Elle collectionnait les posters, les livres, mais aussi les pyjamas licornes. Contrairement aux filles de son âge, qui savaient faire la part des choses entre l'imaginaire et la réalité, Charline continuait à croire en cet être fabuleux. Je n'ai jamais trop su ce que cette créature représentait pour elle. Chez ma sœur, le mythe de la licorne avait survécu à ceux du père Noël, de la petite souris et des cloches de Pâques.

J'ai posé ma main sur le front de Charline et j'ai murmuré dans son oreille :

– Si elles existent dans ta tête, ou dans tes rêves, c'est qu'elles existent. Au moins un tout petit peu.

Alors Charline s'est frotté les yeux, m'a fait un bisou et elle est retournée se coucher.

13

J-8.
Quand je descendais vers la ville, le matin, le soleil surplombait Saint-Cyr, de l'autre côté de la baie. Il dessinait à contre-jour une succession de caps et d'échancrures dont les contours s'estompaient au loin, dans la brume de mer. Derrière la grande barrière du cap Sicié, il y avait Toulon, Cannes, Antibes, Nice... Autant de villes que j'associais à leurs clubs : Toulon Var Natation, Cercle des Nageurs de Cannes, Cercle des Nageurs d'Antibes, Olympic Nice Natation...

Chaque ville française se greffait dans mon esprit au nom de son club. Il y avait ceux qui rappelaient une créature marine : Triton Club Belleville,

Espadon Club Fort-de-France, les Canards de La Rochelle, les Cachalots de Six-Fours, Stade Béthune Pélican Club, les Marsouins d'Hérouville, les Dauphins de Saint-Louis, les Mouettes de Paris… Il y avait ceux qui rappelaient le sport mais pas nécessairement la natation : Stade Olympique Chambéry, Dauphins du Football Club de Sète… Il y avait les anglicisés : Racing Club de France, Red Star Club Champigny, Erstein Aquatic Club, Nautic Club Sorbiers… Il y avait encore ceux qui se référaient à l'histoire ou à la géographie de leur région : les Vikings de Rouen, les Girondins de Bordeaux… Et enfin les mythologiques : Enfants de Neptune de Tours, Enfants de Neptune de Perpignan, Rochefort Neptune Club…

Avec le nom des clubs venait celui des nageurs. Combien de fois me les suis-je représentés, ces concurrents figurant sur la liste des cinquante premiers Français de ma catégorie d'âge ! Avant de les découvrir physiquement, je connaissais déjà leurs noms, leurs performances, et j'imaginais les paroles que nous échangerions au bord d'un bassin.

Ce matin-là, je pensais aux concurrents de mon âge qualifiés aux championnats de France. Sur le deux cents mètres brasse, sept autres garçons de dix-huit ans avaient décroché leur billet. Aucun de nous ne prétendait au podium, la distance étant chasse gardée de nageurs plus expérimentés, mais nous étions au moins deux, avec Théo Varlot, le nageur du Havre, à pouvoir nous hisser en finale.

Ce Théo Varlot, je l'avais rencontré d'abord sur des meetings (Monaco, Cannes, Viareggio). Et puis, cette année, nous avions effectué un stage regroupant les nageurs pressentis pour intégrer l'équipe de France juniors. Un bon gars, Théo. Pas prétentieux, ouvert, bon esprit. Dans l'eau, il était l'inverse de moi : il partait vite et revenait comme il pouvait. Je ne rivalisais ni au cinquante ni au cent mètres brasse. Mais sur le deux cents, j'étais toujours parvenu à le remonter malgré son premier cent mètres canon. J'espérais reproduire la performance cette fois-ci.

Parfois, je me demande ce qui m'attire dans la compétition. Est-ce l'envie de rencontrer d'autres nageurs originaires de tous les coins de France, ou celle de les vaincre ? La compétition suscite un sentiment ambivalent : elle nous pousse à respecter ceux que l'on veut battre. Ou l'inverse. Je crois que je suis très attaché à ce sentiment. Oui. Contrairement à ce que pensent la plupart des gens, les épreuves sportives replacent les rapports humains dans une logique saine. L'adversité qui existe au fond de notre âme se retrouve ici canalisée ; les antagonismes s'y règlent de manière pacifique. Je pense très sincèrement que si tout le monde pratiquait la compétition, il n'y aurait plus de guerre.

Certains athlètes adoraient cette période où la pression monte, lentement. Le Grand Voss en faisait partie. Il n'avait jamais autant cru en lui que lors des échéances importantes. Intégrer l'équipe de France serait pour lui l'enjeu des prochains championnats. Il pouvait le faire cette année, gagner encore une place et surtout réaliser le minima exigé par la fédération[1]. Jeanne y croyait. Moi aussi. Tout le club, toute la ville y croyait. Mais surtout, il y croyait, lui. Parce que le Grand Voss, c'était une montagne de confiance.

Quant à moi, Jeanne avait bon espoir de me voir en finale.

– Tu le vaux largement. Après ce que tu m'as fait à l'entraînement cet hiver, tu devrais exploser ton temps. Il faut juste que tu y croies.

---

1. Pour intégrer l'équipe de France, un nageur doit réaliser une performance fixée par la fédération, qu'on appelle le « minima ».

« Ce que tu m'as fait »... L'expression n'était pas très gracieuse, mais dans la bouche de Jeanne ça représentait un compliment. Toutefois, elle cernait exactement le problème. Il fallait que j'y croie. Sans la nommer, ses mots attestaient l'existence de la Bête.

Jeanne ignorait pourtant qu'à certains moments, seul dans ma chambre, j'imaginais les moindres détails de mon épreuve, et dans cette course virtuelle il y avait toujours un moment où je me crispais : mes muscles se tétanisaient, les autres concurrents me distançaient, le mur d'arrivée reculait, reculait...

La lecture à ces instants ne m'a jamais trahi. J'empoignais mon roman en cours, et je quittais ma réalité anxiogène pour flotter dans des régions imaginaires, peuplées d'autres dangers, d'autres épreuves, mais qui ne me concernaient pas directement.

Mon angoisse, c'était de porter toute ma vie le regret de n'avoir pas donné le meilleur de moi-même. J'avais toujours trouvé pitoyables ces adultes assurant qu'ils auraient pu être bons *si*...

– En natation, il n'y a pas de *si*, m'a dit un jour le Grand Voss. Le chrono donne le temps réel. Pas celui que tu aurais pu faire *si*... Autrement, gros, tout le monde serait champion olympique !

Bérenger nous attendait au bord du bassin, appuyé nonchalamment contre l'échelle. La posture d'un entraîneur annonce la couleur de la séance : si elle comporte huit kilomètres, avec des séries interminables et des temps de récupération toujours trop courts, il n'attend pas son groupe appuyé nonchalamment à l'échelle… Il sautille de l'un à l'autre, fait tournoyer son chrono comme un lasso, tape dans ses mains : « Hop ! hop ! On s'échauffe, allez, ne traînez pas ! Y a du boulot. »

En période d'affûtage, Bérenger nous regarde tranquillement arriver, un demi-sourire aux lèvres, le chrono pendu à son cou. On dirait qu'il essaie de nous communiquer un maximum de sérénité.

Ce matin, on observait certes une petite ride sur son front, mais elle n'était pas due au contenu de la séance. Plutôt à l'absence de Jeanne, qui le perturbait autant que nous.

– Jeunes gens, il a dit d'une voix enrouée, ce matin c'est plutôt cool. On fait encore un peu de volume, mais on stoppe la muscu, on ira en salle juste pour la récup : assouplissements, étirements. Et ce soir, séance assez courte mais in-dis-pen-sa-ble ! On bossera l'amplitude et quelques accélérations, pour vous mettre sur les rails au niveau rythme. Une séance que Jeanne a peaufinée pendant des heures, et à laquelle elle tient absolument. Des questions ? Non ? Alors on y va.

On y est allés. On aurait eu des tas de questions à lui poser, mais ça ne concernait pas l'entraînement.

– Ah ! il a ajouté. Le mot d'ordre de Jeanne pour ce matin : on s'amuse ! Histoire d'être à fond réceptifs ce soir. En fin de séance, on fera un peu de water-polo (sans se blesser, je vous fais confiance...) et même quelques jeux avec frites et matelas gonflables. Ça vous rappellera vos débuts à l'école de natation.

Effectivement, à la fin, Bérenger nous a proposé des activités ludiques, « pour retrouver le goût du jeu et botter les fesses au stress précompétition »... Des courses farfelues, qui nécessitaient des mouvements peu académiques. Il s'y est mis avec nous, et on a eu le droit de le couler.

Quand on s'est retrouvés au vestiaire, le Grand Voss et moi, on s'est rendu compte qu'on n'avait pas parlé de Jeanne.

14

Avec le Grand Voss, on s'est pointés chez Sam Pitbull. Tous deux se fréquentaient un peu, Sam avait donné des rudiments de gratouille à Benjamin.

– Ça se voit qu'elle est amoureuse de toi, a soufflé le Grand Voss en descendant de son scooter pour pousser la grille du portail.

– Tant que ça ?

– Mais oui, gars, arrête de douter ! Ça te fatigue pas de toujours réfléchir double ?

– Réfléchir double ???

– Au lieu de dire « ça va marcher », toi tu dis « ça va peut-être marcher, mais ça va peut-être aussi foirer ». Tu vois la différence ?

J'ai baissé les yeux comme un gamin pris en faute. Pour Alicia, il se trompait : je ne doutais pas d'elle, et j'étais convaincu qu'elle tenait à moi (et moi à elle). Mais pour la natation, le domaine dans lequel il me connaissait le mieux, il n'avait pas tort. Plus encore que Jeanne, mon camarade d'entraînement, qui en bavait à mes côtés plusieurs heures par jour, lisait en moi comme dans un livre ouvert. Un frisson m'a parcouru l'échine quand j'ai songé qu'il voyait peut-être aussi la Bête...

– Nathan, il a repris en m'invitant à le suivre sur le perron, fonce un bon coup ! En vérité, dans tout ce qu'on fait, il n'y a rien de mortel ! La natation, par exemple, ça nous obsède, ça nous coûte du temps et de l'énergie, ça nous fait grimper les pulsations, mais c'est un jeu. Seulement un jeu ! Au pire, ça foire, et ce sera pas bien grave. Alors pourquoi y penser en permanence ? Pourquoi penser à l'échec ? Tu vois, moi, j'ai l'impression que penser positif efface le négatif. Ça veut pas dire que je suis naïf, mais ça m'aide à avancer.

Il est marrant, Benjamin, ça a l'air simple pour lui, comme s'il suffisait d'appuyer sur un bouton !

Je considérais la petite maison qui s'élevait devant nous. Je connaissais son histoire : vue de l'extérieur elle n'était pas grande, mais ses occupants l'avaient baptisée l'« Iceberg » car elle comportait une cave très spacieuse, et insonorisée. Quand Sam y répétait avec son groupe, c'est à peine si on entendait, depuis la rue, de légers coups de batterie.

Le rockeur de La Ciotat est apparu sur le perron. Décoiffé, la barbe écumeuse et l'œil clignotant. Je m'étais toujours demandé si ce type connaissait la mauvaise humeur. Même fatigué, malmené par sa chère et tendre (qui ne l'était pas toujours, même avec lui), ou, comme dans le cas présent, soucieux pour la santé de ladite chère et tendre, ce type affichait une bouille joviale en toutes circonstances. Il a écarté les bras façon Guignol et nous a invités à entrer.

– Qu'est-ce que je leur sers, aux athlètes ?

En disant ça, il nous entraînait vers la cuisine.

– Café ? Thé ? Jus de fruits ? Je vous propose pas d'alcool parce que Jeanne me couperait un bras si elle l'apprenait.

On a opté pour un café. À la cafetière italienne, bien sûr ! Pour Sam, c'était tout un art de laisser infuser le liquide à température idéale, pour exalter les arômes. Il l'avait dit et répété à chaque refrain dans une chanson intitulée *Coffee's song*, l'une de mes préférées de lui.

On s'est installés dans la toute petite pièce qui tenait lieu de vestibule, de salon, de salle à manger et de cuisine. Les murs étaient revêtus de posters de nageurs, de posters de chanteurs, de posters publicitaires pour des marques de bière et de whisky. Sur les meubles, sur le sol, dans le moindre recoin, une quantité phénoménale d'objets s'accumulaient. Je me demandais comment Jeanne et Sam pouvaient, chacun dans son domaine, être aussi rigoureux malgré une maison si désordonnée.

– Bon, les otaries, vous bouffez un peu moins de kilomètres en ce moment ? a demandé Sam après s'être envoyé cul sec son café brûlant.

– Ça va, a répondu le Grand Voss. On est descendus à huit bornes par jour : quatre le matin, quatre le soir. Pépère à côté des quinze des derniers mois.

Sam s'est avancé en posant ses coudes sur ses genoux. Il nous a regardés en dodelinant de la tête comme un chien sur la plage arrière d'une voiture.

– Jeanne m'a raconté que certains nageurs en fin de carrière comptent le nombre de bornes qu'ils ont nagées en tours de la Terre. Vous le faites, vous deux ?

– Oui. Enfin, quarante mille kilomètres, on les fait maximum deux fois dans une carrière. Calcule :

si tu nages quinze bornes par jour trois cents jours par an, il te faut bien huit ans pour faire le tour du monde. À part certains nageurs hongrois (ils nagent jusqu'à trente bornes par jour, ces fadas !), je vois pas qui peut faire plus de deux fois le tour de la Terre.

Sam nous regardait de son air halluciné, et admiratif à la fois. Il s'est exclamé :

– Je suis en train de bosser sur un truc, là. Ça s'appelle *The Swimmer's Song*. L'histoire d'un type qui nage sans s'arrêter, sauf pour boire, manger et dormir. Bref, un homme-poisson. C'est pas encore tout à fait au point, mais ça avance. Je voudrais une chanson délirante mais basée sur une réalité. Et j'aimerais la chanter à Jeanne quand elle sortira de l'hôpital.

Sur ces derniers mots, la très joviale voix de Sam s'est légèrement infléchie. On a senti une toute petite boule se former dans sa gorge. Mais comme il s'est arrêté de parler, ça a été le seul indice d'émotion profonde chez lui.

– Comment elle va, la bougresse ? a demandé le Grand Voss, en utilisant un des mots préférés de Sam, qui affectionne particulièrement les mots anciens, corpulents, savoureux, exotiques.

Sam s'est éclairci la voix, sûrement pour faire descendre la boule, et il a lancé :

– Savez-vous, jeunes gens, que le mot « bougre, bougresse » vient du mot « bulgare » et daterait de l'époque des grandes invasions ?

– Oui, Sam. Tu nous l'as déjà dit à peu près deux cents fois. Ne tourne pas autour du pot.

– J'y viens, j'y viens. Mais laisse-moi te féliciter pour le choix de ce terme ! Si l'antique tribu des Bulgares nous a laissé ce mot qui désigne quelqu'un de têtu, de roublard, de courageux aussi, eh bien c'est parce que cette tribu voyageuse, à l'époque a impressionné les gens (sûrement moins qu'on l'a dit pendant longtemps, mais je laisse ce débat aux historiens...), bref, je ne tourne plus autour du pot, oui, ma chérie est vraiment roublarde, têtue, et courageuse, et elle va mettre une sacrée raclée à sa maladie ! L'opération est prévue pour la semaine prochaine. Je vous ressers une rasade de noiraud ?

– T'as remarqué la décontraction de Sam ? m'a demandé le Grand Voss en sortant de la petite maison.

– Pas du tout...

– Nathan, je parle sérieusement. Je pense qu'il a jamais été aussi anxieux. Mais ça se voit pas. Ce type, c'est mon modèle. Il a le don de chasser le négatif, et je pense que, même si au fond de lui ça travaille, ce maintien de surface lui donne des forces pour affronter toutes sortes de situations.

15

En enfourchant mon scooter pour gravir ma colline, j'ai recommencé à cogiter. Objectivement, je me savais en forme et capable d'améliorer mon temps. Ce qui m'obnubilait, c'était de ne pas réussir à faire de mon mieux. J'aurais tant aimé connaître ça, sortir de l'eau avec la certitude d'être allé au bout de moi-même.

À l'entraînement, j'étais souvent tenté de remettre à plus tard certains efforts trop difficiles. Jeanne veillait au grain, traquant la moindre baisse de régime :

– Tu attends quoi ? Que le mur arrive tout seul ? Nathan, je t'explique : l'eau, c'est plat. Si tu ne donnes pas d'impulsion, tu n'avances pas. On n'est pas au ski ! Chaque mètre, c'est toi qui le parcours, et toi seul.

Non. Justement. Je n'étais pas seul. Il y avait la Bête... Je me suis demandé, comme tant de fois, ce qui l'avait appelée du néant. Bien sûr, à l'origine on trouvait une peur, tout à fait consciente, bien nette. Mais une peur très particulière : différente de celle qu'on éprouve quand on doit affronter un danger. En nageant, je ne m'exposais à aucun risque : aucun monstre ne m'attendait sous l'eau, je ne craignais pas pour ma vie. Alors ? Cette peur ? Était-elle liée à tous ces efforts empilés comme des montagnes, et que je voulais absolument rentabiliser ? Tout ce travail accumulé, ces rêves, ces espoirs de victoire, cet édifice imposant s'effondrerait comme un château de cartes si je nageais mal, et cette angoisse pouvait agir sur le corps comme un frein, bloquer certaines fonctions musculaires.

En même temps, la Bête, c'était beaucoup plus que cette peur. La Bête était pétrie d'une matière indéfinissable, une pâte gluante, glissante, et sombre. Elle m'échappait dès lors que je croyais la saisir. Je pouvais seulement la repousser en convoquant des mots lumineux, comme le trappeur éloigne les bêtes sauvages en allumant un feu.

Les paroles de Jeanne résonnaient dans ma tête, et la conversation avec Sam et Benjamin y faisait écho, quand je me suis retrouvé devant Alicia, qui m'attendait au portail. Elle agitait la main pour enlever une buée imaginaire sur la visière de mon casque.

– Tu rêves ?

Sur son visage, plusieurs sentiments se livraient bataille. La gêne (elle savait qu'après mon premier entraînement, je devais me reposer), l'excitation (j'espérais que c'était de me retrouver) et un profond accablement (ça, c'était nouveau et inquiétant).

– Entre, j'ai dit en ouvrant le portail. Qu'est-ce que c'est que cette petite mine ?

Une larme a roulé sur sa joue, et fini sur son tee-shirt.

– Encore deux refus aujourd'hui.

– Viens ! Tu vas me raconter tout ça.

– Un mot très court : « Votre manuscrit n'entre pas dans le cadre de nos collections, gna gna gna... » On sait même pas s'ils l'ont lu. Et l'autre, écoute bien : « Malgré ses qualités, nous n'avons pas cru bon de retenir votre manuscrit, gna gna gna... »

Alicia était enfoncée dans le canapé du salon, cernée par une montagne de Kleenex.

– Finalement, j'ai dit, le mot des éditions Chaloupe te donnait au moins des pistes pour progresser.

– Progresser… Travailler… Mais Nathan, tu continues à comparer l'art et le sport ! L'écriture, c'est… un truc spontané, ça se travaille pas. Il faut rester à l'affût des idées, et les attraper dès qu'elles viennent. Par exemple…

Elle a regardé autour d'elle, puis par la fenêtre.

– Par exemple si je veux écrire que la terre est bleue comme une orange, parce que cette image me plaît, je peux l'écrire.

– Sauf qu'elle n'est pas de toi…

Sur ce coup, je me suis trouvé assez bon en mémoire des citations. La phrase était tirée d'un poème de Paul Éluard qu'on avait étudié en seconde.

– Je sais, Nathan. Mais c'est un exemple.

– Un très bon exemple, oui ! Cette phrase, quelqu'un l'a déjà écrite. Tu peux parler de la terre, des oranges, et même des bananes ou des noix de coco… mais à TA façon. Et pour y arriver, eh bien, il te faudra travailler. Voilà peut-être ce que voulaient dire les gens du comité de lecture de Chaloupe.

Elle n'a rien répliqué. Elle a tiré un nouveau Kleenex de la boîte et s'est mouchée rageusement.

J'ai essayé de lui parler des brouillons d'écrivains, une expo que j'avais vue à la médiathèque, avec mes parents – j'avais découvert avec stupéfaction des pages entières couvertes de ratures. Mais Alicia n'était pas réceptive.

– Tu boudes ?

Elle a levé les yeux, m'a considéré longuement.

– Tu me trouves têtue, non ?

– Un peu, j'avoue...

C'est sorti tout seul. Par réflexe. Parce que ma mère m'avait toujours recommandé de dire la vérité, surtout aux gens qu'on aime.

Alicia ne bronchait plus. Elle me fixait, sans expression particulière, et j'ai eu un peu peur que ce ne soit le calme avant la tempête. « Merci maman ! j'ai pensé. À cause de tes super conseils je vais me faire envoyer balader par ma copine... »

Puis les lèvres d'Alicia se sont ouvertes sur un fragile sourire, et elle les a approchées des miennes.

– Je te suis reconnaissante de me le dire. C'est pas forcément agréable à entendre, mais, si tu le penses, je préfère le savoir...

– OK, on n'en parle plus, j'ai soufflé.

Après, on n'a plus vraiment été capables de parler parce qu'on était partis pour un baiser très tendre, et très long.

16

Après le départ d'Alicia, il me restait une petite heure à tirer jusqu'à l'entraînement du soir. J'ai enfourché mon scooter et j'ai piqué vers la ville, direction l'hôpital.

À mesure que l'agglomération m'entourait du manteau de ses tuiles rouges, l'image de Jeanne s'élargissait devant mes yeux. À la fois lointaine et proche, comme un souvenir que j'aurais laissé longtemps dans un coin. Des détails me revenaient : ses gestes raccourcis, ses grimaces dues à certaines positions douloureuses.

J'ai garé mon scooter devant l'hôpital. Dans le hall, l'hôtesse d'accueil m'a indiqué la chambre.

– Ah ! Nathan, s'est exclamée la mère de Jeanne en m'ouvrant la porte. C'est gentil de venir. Mais elle est partie en examens et on ne sait pas combien de temps ça peut durer.

– Pas grave. Je vais attendre avec vous.

La mère de Jeanne m'a proposé une chaise. Elle m'a adressé un sourire fatigué :

– Nous y voilà, Nathan. On ne peut plus repousser l'opération. Mais le chirurgien est optimiste. Ce genre de tumeur, ça se soigne. Et tu connais ma fifille : une battante ! Personnellement, j'y crois très fort.

Elle s'inquiétait forcément, mais elle avait le même caractère que sa fille. Ou l'inverse. Elle m'a pinçouillé l'épaule, comme dans le minibus avant les compétitions.

– Parle-moi de ces championnats qui approchent. Tu te sens prêt ?

On s'est téléportés à Dunkerque, une semaine plus tard. Elle aussi me voyait en finale.

Jeanne ne revenait toujours pas.

– P'tit Bout, tu devrais y aller maintenant, a dit sa mère en tapotant ma montre. Chaque séance compte, tu le sais…

Elle m'a attiré à elle pour chuchoter :

– Et si ma coach de fille te trouve ici, à l'heure où tu devrais être dans l'eau, crois-moi, ça ne lui fera pas plaisir du tout ! Allez, dehors ! Ouste ! Je lui dirai que tu es passé !

Si je devais désigner un moment précis où tout a commencé, je choisirais celui-ci : juste après avoir quitté la chambre de Jeanne.

De l'hôpital à la piscine, il y a moins de cinq minutes en scooter. C'était suffisant pour que mes impressions de cette journée se brouillent en une ratatouille incompréhensible. Je regardais mes mains sur le guidon, et une question saugrenue m'est venue à l'esprit : je me suis demandé si c'était les miennes. Je me suis arrêté, rangé sur le côté. J'ai attrapé mon portable et j'ai composé, sans savoir exactement pourquoi, le numéro du Grand Voss.

Pas de réponse. Il devait rouler, lui aussi, ou se trouvait déjà au bord du bassin. Le Grand Voss arrivait toujours en avance, il aimait prendre possession de l'espace avant de plonger. Contrairement à moi, qui repoussais toujours le moment d'interrompre une lecture… Une fois, j'avais même écopé d'une punition ! Je m'en souviens très bien, c'était à cause de *Misery*, de Stephen King : le suspense était tel que j'avais mordu de dix minutes sur l'heure d'arrivée au bord du bassin. Bilan : cinq mille mètres chrono, à effectuer après l'entraînement, sous la surveillance implacable de notre Jeanne adorée. Ce jour-là, au lieu de me contenter des quinze kilomètres avalés avec tout le monde, j'en avais donc nagé vingt...

Quand son répondeur s'est déclenché, je lui ai demandé, au cas où il le consulterait avant l'entraînement, d'annoncer mon absence à Bérenger. Je me suis entendu prononcer cette phrase à haute voix, et je me suis demandé si c'était bien moi qui parlais.

J'ai tourné dans la ville, un peu en aveugle. J'ai gagné le bord de mer, les plages où de rares touristes trempaient le bout de leurs pieds dans cinq centimètres d'eau à quinze degrés, puis j'ai pris la direction du port, j'ai roulé au pas dans la zone des cafés, et j'ai grimpé la côte qui longe le chantier naval jusqu'aux calanques du Mugel.

L'endroit est plus sauvage que du côté des plages, et plus profond. C'est ici, à la vue des poissons, des étoiles de mer, des oursins, et des poulpes jouant à cache-cache dans les algues, que j'avais pris goût à nager.

J'ai garé le scooter à l'entrée du parc du Mugel et j'ai gagné le belvédère du Bec de l'Aigle. Le rocher évoque une colline rondelette qui se couperait brusquement en son sommet pour présenter, côté large, une autre face droite et coupante. Depuis l'île Verte, à huit cents mètres de là, il évoque un aigle gigantesque prêt à s'envoler. Quatre-vingts mètres d'à-pic au-dessus de la mer. En bas, l'eau semble presque noire.

Je n'ai jamais nagé de ce côté. Le pied de la falaise est fréquemment battu d'écume. Ici, l'eau restait pour moi un élément naturel, sauvage.

Mais jamais encore je n'y étais allé au lieu de me rendre à l'entraînement.

17

Je me suis enfoncé dans les ruelles exiguës de la vieille ville. Du linge pendait aux balcons, des gens discutaient sur le pas de leur porte. Des cris d'enfants résonnaient par les fenêtres ouvertes sur la douceur de cette fin d'après-midi. Les petits goûtaient.

J'ai toujours aimé me promener ici. Il n'y a pas de voitures, les rues sont trop étroites. Ça doit ressembler à l'ancien temps, les gens vivent la porte entrebâillée sur la rue, on a l'impression d'appartenir à une grande famille qui peuplerait tout un pâté de maisons, avec, au bout de la perspective biscornue des façades, la toile bleue de la mer.

« Championnats de France... » Des mots qui n'avaient pas cours à cet endroit. Ici, je ne devais rien me prouver. Je me laissais porter par ce que j'observais, les choses s'opéraient sans moi.

Je suis passé devant d'autres maisons abritant des goûters d'enfants, j'ai traversé la place Sadi-Carnot, où l'on trouve, en plus d'un arbre centenaire, les meilleures glaces artisanales de La Ciotat, puis devant la librairie *Les Deux Arbres*, qui me fournit régulièrement en romans fantastiques. La libraire se tenait sur le seuil, elle m'a adressé un signe amical auquel je crains de n'avoir pas répondu. Puis j'ai rejoint le port, et j'ai récupéré mon scooter.

En longeant la rade, j'ai pensé à Théo Varlot. Je ne connaissais pas Le Havre. Je savais seulement que c'était, comme La Ciotat, une ville au bord de la mer. Que faisait-il en ce moment ? Se promenait-il le long de cette autre mer ? Entendait-il, lui aussi, tout au fond de son crâne, une créature qui lui commandait, jour après jour, d'abandonner ?

J'ai secoué la tête et, dans le silence qui a suivi, j'ai pensé que la Bête, aujourd'hui, ne prendrait pas la parole. Au lieu de m'en trouver soulagé, je me suis mis à trembler. À cause de l'évidence : si la Bête ne prenait pas la parole, c'est parce qu'elle n'en avait plus besoin. Et dans ce silence qui emplissait mon crâne, une question, très clairement, s'est imposée : pour la première fois de ma vie, je me suis demandé si je serais capable de reprendre le chemin de la piscine.

2e partie

Le monde des rêves en sursis

1

Ce matin, après une nuit agitée, une sensation d'étouffement m'a tiré du sommeil. Le cadran du réveil indiquait neuf heures. J'avais dû l'éteindre et me rendormir, il fallait que je m'active si je voulais me trouver au bord du bassin à neuf heures trente pétantes, et ne pas essuyer les reproches de Bérenger.

Quand j'ai voulu lever la tête, elle m'a semblé peser des tonnes.

Mes jambes, mes bras, mes mains me paraissaient aussi lourds que des troncs d'arbres. C'est l'image qui s'est imposée à moi : des troncs d'arbres. Je n'avais jamais ressenti ça. J'avais du mal à utiliser mon corps ; un peu comme si je me trouvais devant un tableau de bord muni de commandes énigmatiques.

Mes doigts remuaient de façon aléatoire. J'ai tenté d'actionner mes poignets, puis mes avant-bras. Après quelques tâtonnements, j'ai réussi à me redresser sur les coudes. J'en aurais presque éclaté de rire, si rire ne m'avait pas semblé problématique à cet instant...

Lorsque j'ai essayé la position assise, mes jambes se sont agitées en tous sens, et j'ai repensé à *La Métamorphose*, de Kafka, une des premières nouvelles fantastiques que j'avais lues : le personnage principal, Gregor Samsa, se réveille un matin transformé en insecte. Dieu merci, mes jambes avaient conservé une apparence humaine et, après plusieurs tentatives, elles ont fini par répondre.

Voilà. J'étais assis au bord du lit. J'ai soulevé la main gauche, pour voir, puis la droite. Je me suis gratté le front : on aurait dit que j'essuyais une vitre, mais ça fonctionnait. C'est à ce moment que j'ai entendu les bruits.

Quelque chose remuait dans la pièce.

Malgré le jour qui entrait par la fenêtre (quand avais-je ouvert les volets ?), je distinguais mal ce qui m'environnait. Une forme vague esquissait des mouvements encore plus vagues. Des froissements me parvenaient, comme si on manipulait des étoffes et des journaux. Il y avait aussi, de temps à autre, un tintement métallique. J'ai entendu des pas se rapprocher. Un individu dont le visage disparaissait dans le brouillard a posé un sac-poubelle grand ouvert devant moi. À l'intérieur, j'ai distingué, pêle-mêle, mon maillot, ma serviette, mon survêt à l'effigie de notre sponsor, ma collection de *Natation magazine* et mes trophées.

Il a fait ensuite une razzia sur les rayons de ma bibliothèque, et picoré sur les piles des titres en rapport avec la mer, ou l'eau sous toutes ses formes : *Les Ormeaux* de Georges-Olivier Châteaureynaud, *Le Vieil Homme et la Mer* d'Ernest Hemingway, *Le Rivage des Syrtes* de Julien Gracq, *Vivante* de Laurence Fuantès... De même avec mes DVD mythiques : *Le Grand Bleu, Les Dents de la mer...*

J'ai tenté d'ouvrir la bouche, mais une bouillie de syllabes inintelligibles en est sortie. Comme je tendais gauchement la main vers l'individu, une décharge électrique s'est déclenchée au bout de mes doigts. Parler de douleur serait inexact. C'était juste très désagréable. Comme un champ de force qui m'aurait tenu à distance.

Des crissements se sont élevés sur ma gauche, du côté de l'armoire. L'individu arrachait mes autocollants d'anneaux olympiques. En penchant la tête et en la faisant pivoter sur le côté, j'ai réussi à obtenir une vision plus nette. Il s'agissait d'un garçon de mon âge, en habits de ville (jean, tee-shirt, Converse), des habits en tous points semblables à ceux que je porte au lycée. Quand il s'est baissé pour décoller les autocollants du bas de l'armoire, son visage m'est apparu. C'était le mien.

J'ai secoué la tête, et j'ai tenté de crier à nouveau, mais sans obtenir mieux que des clapotements inaudibles. Le garçon qui arborait mon visage a continué, méthodiquement, à arracher les autocollants. Quand le soixante-huitième, réduit à un petit bout de papier froissé, a disparu dans le sac qui contenait mes affaires de piscine, il a balayé la pièce du regard, puis il est sorti de la chambre.

2

Je suis resté figé au bord du lit. Un bloc de pierre en équilibre au sommet d'une falaise. À l'intérieur de mon crâne, la frustration le disputait au désespoir. Je venais d'assister à la destruction d'un monde qui avait été le mien durant la moitié de mon existence. Et j'y avais assisté en spectateur privilégié, impuissant, tenu à l'écart par un sortilège. Je percevais tout, avec une acuité exceptionnelle, mais je me trouvais incapable d'agir sur le cours des événements.

Les bruits de la maison me parvenaient. Cliquetis de vaisselle, placards que l'on ouvre puis referme, chantonnement de Charline. Les contours de la pièce me paraissaient plus nets. J'allais tenter de me redresser lorsque la porte s'est ouverte. Il est entré en grignotant une tartine de Nutella, a empoigné le sac-poubelle, et il est reparti aussi sec. J'ai réussi à me tenir sur mes jambes, et à claudiquer jusqu'à la fenêtre. Je me suis cogné le front en évaluant mal ma vitesse de déplacement. Instinctivement, j'y ai porté la main, bien qu'aucune douleur ne m'ait fait véritablement souffrir.

L'autre est sorti dans le jardin. Il s'est approché de la « benne à fourbis », que mon père vide une fois par mois, il a soulevé le couvercle, et, d'un mouvement assuré, a balancé le sac à l'intérieur.

J'ai tenté de nouveau quelques pas dans la chambre. Je progressais vite, des connexions infinitésimales se mettaient en place, me permettant de remuer plus efficacement. Pourtant, la question demeurait entière : qui étais-je ? Et qui était-il, lui, qui me ressemblait en tous points ?

L'idée de me regarder dans un miroir s'est imposée. Je me suis approché de la porte, restée entrebâillée. J'ai jeté un œil dans le couloir. Personne.

Une fois dans la salle de bains, j'ai refermé doucement derrière moi, et je me suis placé face au miroir. Rien de notable, sauf une légère pâleur.

À y regarder de près, néanmoins, plusieurs détails incongrus me sont apparus. Mes cheveux, d'abord. Ils étaient impeccablement coiffés, avec la petite vague savamment sculptée au gel obtenue après plusieurs minutes d'efforts (cette vague que le Grand Voss, dans ses phases « gros lourd », prend plaisir à m'aplatir). Pour quelqu'un qui sortait (péniblement) du lit, cela posait évidemment question. Et puis j'ai noté une deuxième chose : cette pâleur que j'avais décelée sur mon visage s'étendait à mon cou, à mes mains, et à... mes vêtements !

J'ai pensé à de la buée sur la glace, mais les serviettes, le mur, l'étagère avec les produits de pharmacie, bref, tout ce que je voyais dans le miroir était parfaitement net. Sauf moi.

En tendant la main vers la poignée de la porte, je me suis rendu compte qu'elle était telle que je l'avais trouvée avant de pénétrer dans la pièce : entrouverte. Comme si je ne l'avais jamais touchée.

3

J'ignore combien de temps je suis resté prostré là, sur le seuil de la salle de bains, avec cette poignée inutile dans la main. Des siècles, peut-être plus. Une durée incalculable, qui appartenait à un autre repère spatio-temporel. Quant à l'endroit où je me trouvais… il était peut-être situé ailleurs, très loin, partout et nulle part à la fois.

Mes premiers pas dans l'escalier m'ont semblé plus assurés que précédemment. Je ne tanguais plus, j'éprouvais même une impression surprenante de légèreté.

En bas, ça parlait licornes. Charline s'enthousiasmait pour son dernier rêve, qui lui avait permis de rencontrer plusieurs de ces créatures enchantées. Une autre voix (la mienne ?) répliquait sur un ton assez dur. Elle lui recommandait de ne plus croire à ces sornettes. Un jour, il fallait poser les pieds sur terre, et arrêter de gober tout ce qu'on nous a raconté.

Quand je suis arrivé au bas des marches, Charline pleurait dans la manche de son pyjama licorne. Et lui, en face d'elle, dévorait une tranche de pain enduite de Nutella.

– Il fallait que quelqu'un te le dise, pitchounette. Le monde des rêves n'existe pas.

À ces mots, je suis entré dans la cuisine. Je me suis planté devant le garçon qui arborait mes traits et qui parlait avec ma voix. Sur son visage, jovial en apparence, j'ai aussitôt identifié ce tic que je connaissais bien : le clin d'œil. Juste l'œil droit. Deux, trois fois d'affilée, plus rien durant trente secondes, et rebelote. Ainsi, cette marque d'anxiété que je pensais avoir éliminée depuis des années refaisait surface sur le visage de ce garçon qui, en tous points, me ressemblait mais qui se trouvait en face de moi.

Je ne savais pas lequel de nous deux était le fantôme de l'autre, mais j'étais bien décidé à lui faire regretter le contenu de ses paroles.

– Qu'est-ce que tu fabriques chez moi ?

Mes mots, cette fois-ci, avaient jailli nettement. Ils retentissaient encore à mes oreilles lorsque l'autre a repris la parole :

– Accepte-le, Charline. Ni toi ni moi n'y pouvons rien changer. Le temps des rêves, c'était bien, mais c'est fini. Il faudra t'y faire.

Comme de grosses larmes roulaient sur les joues de Charline, il s'est approché d'elle, a entouré ses épaules :

– Si tu veux, je t'aiderai.

– T'es méchant ! elle a crié.

Puis elle s'est levée, m'a frôlé sans marquer la moindre surprise, et a couru dans sa chambre.

Le garçon a regardé pensivement à travers moi, puis il s'est levé à son tour, et il a commencé à ranger la cuisine.

4

Charline et le garçon qui était peut-être moi ne m'avaient pas vu. Ce sentiment profond d'abandon me laminait. Il s'introduisait à l'intérieur de mon âme, jusque dans les couloirs les plus secrets, et il la grignotait, faisait le vide autour de lui. Bientôt, je ne serais plus qu'une coquille creuse, invisible, que le vent balaierait dans les déserts de l'oubli. Pourtant, d'une manière paradoxale, au fond de moi, je savais. Je savais depuis longtemps.

Oui, mais je savais quoi ? Que je nourrissais un rapport très intime avec ce garçon, que je connaissais chaque recoin de sa maison, chaque recoin de sa vie. Et que depuis ce matin, nous suivions tous les deux des voies différentes.

Quand il est sorti de la cuisine, je l'ai accompagné dans l'escalier. S'il existait une raison à ma présence ici, j'allais bientôt la découvrir.

Les marches défilaient sous moi comme celles d'un escalator. Une simple pression de la pointe du pied, et je pouvais en franchir trois, quatre, sans aucun effort. Il m'avait fallu moins d'une heure pour passer de l'état de quasi-légume à celui d'athlète surentraîné en période d'affûtage !

Au milieu de l'escalier, pourtant, mes jambes se sont arrêtées d'avancer. Je me suis souvenu qu'ici, l'été de mes quinze ans, afin d'améliorer mon plongeon, je m'étais exercé à atteindre une détente maximale. Depuis le pied de l'escalier, je sautais le plus haut, le plus loin possible et sans élan : quatre marches, puis cinq, six. À la fin de l'été, je pouvais atteindre la septième. Cet exercice un peu débile, qui aurait pu me coûter toutes les dents de devant, demeurait l'un de mes meilleurs souvenirs.

L'autre est redescendu, équipé d'une veste légère et d'un sac à dos. À l'évidence, il s'apprêtait à sortir. « Clic, clic », faisait son œil, révélant cette anxiété toujours présente.

Il est repassé par la cuisine, s'est envoyé une poignée de fruits secs. Moi, je considérais avec nostalgie les étagères que ma mère avait garnies pour moi de produits énergétiques : gelée royale, barres de céréales aux germes de blé, préparations pour boissons isotoniques... Des produits de luxe aux propriétés certainement surévaluées, destinés à l'abîme qui me tenait lieu de ventre.

J'ai suivi l'autre dans le garage. Quand il a enfourché son scooter, j'ai sauté derrière lui, et je l'ai agrippé par la taille. Malgré mes vêtements, le champ magnétique courait sur tout mon corps. Puis j'ai découvert qu'en resserrant un peu mon étreinte, cela faiblissait, devenait une petite démangeaison, à peu près supportable. La descente vers la ville était toujours aussi grandiose.

J'aurais dû m'en douter, mais j'avais tellement de choses nouvelles à intégrer que je ne l'ai pas vu venir : il se rendait chez Alicia.

5

Il a garé le scooter au pied de l'immeuble. Il a sonné à l'interphone, et la voix d'Alicia lui a dit de monter au deuxième.

Je l'ai suivi dans le hall. Je n'étais jamais allé plus loin. Avec Alicia, nous nous rencontrions chez moi, ou au lycée, mais jamais chez elle, à cause, disait-elle, de ses « petits frères envahissants ».

Elle attendait sur le palier du deuxième étage. Elle affichait une petite mine.

– Aïe ! ça sent encore le refus... a dit mon avatar, tandis que sa main caressait la joue d'Alicia.

Elle s'est blottie dans ses bras en soupirant :

– Refus... refus... refus... La ritournelle de l'écrivain maudit.

J'ai alors pris conscience de l'angoisse qui doit étreindre ceux qui rêvent d'être publiés, la peur de cette autre bête immonde : le Refus. Un monstre tapi dans la boîte aux lettres qui vous saute au visage pour doucher vos ambitions.

– Viens ! elle a soufflé en levant vers lui un pauvre sourire.

Et elle l'a entraîné à l'intérieur. Je me suis faufilé derrière eux. Mon avatar découvrait lui aussi l'appartement, pas immense mais doté d'une vue intéressante. Ils se sont installés sur un canapé d'angle. Devant le canapé, une petite table d'apéritif. Sur la table, une enveloppe ouverte.

– Eux, c'est par la Poste qu'ils ont répondu. Ça se fait encore.

Alicia s'efforçait de sourire, mais elle contenait difficilement ses larmes. Elle lui a tendu la feuille.

Chère Alicia Rudier,

Merci d'avoir pensé à notre maison d'édition.

Votre texte ne manque pas de qualités, il fait preuve d'une certaine fraîcheur et l'histoire est bien menée. Mais en l'état, il ne nous semble pas abouti. Votre écriture gagnerait à être épurée de certaines formules déjà éprouvées, qui nous empêchent d'entendre votre propre voix.

Pour ces raisons, nous ne pouvons malheureusement pas retenir ce roman.

Travaillez encore.

En vous souhaitant bonne chance.

Le comité de lecture,
pour les éditions Duciel

Cette fois-ci, mon avatar n'a pas tenté de lui donner des conseils. Il lui a caressé la nuque, amoureusement.

– Ne te décourage pas. C'était ta première tentative. Je suis sûr que si tu y crois, ça marchera un jour.

Alicia reniflait. Elle a fermé les paupières et s'est laissée aller doucement contre sa poitrine.

– En ce moment, la Voix hurle très fort dans ma tête. Elle n'a jamais hurlé si fort. Elle me dit : « Tu vois. Je t'avais prévenue ! L'écriture, c'est pas pour toi. » Et en même temps, je repense à ce que tu me disais. Et aussi à certaines interviews d'auteurs, ou de scénaristes, que j'ai lues à droite et à gauche. Le travail sur l'écriture, tout ça. C'est pas tellement romantique comme vision de l'artiste, ça flanque un peu le mythe par terre : la magie de la création, le génie… Ces choses-là ne pèseraient pas lourd sans une forte dose de travail. Pendant longtemps, j'ai pas voulu le croire. Non par paresse (j'espère) mais parce que ça me paraissait trop commun, trop terre à terre. Mais c'est peut-être un peu vrai. La publication, ça se mérite, oui. Comme une médaille olympique.

Mon avatar, très tendrement, lui caressait la joue, essuyant une larme au passage. Il a ouvert la bouche, l'air inspiré, et j'ai pensé qu'il allait lui parler de la Bête. Mais ce qui est passé par ses lèvres, c'est un petit soupir, une minuscule quantité d'air témoignant de son renoncement. Avec, en prime, le « clic, clic » de son œil…

Alicia a sursauté :

– T'as pas entraînement ?

Petit silence, toussotement de mon avatar, puis ce balbutiement :

– Séance courte aujourd'hui. J'irai un peu plus tard.

Elle l'a regardé bizarrement, l'air de ne pas être sûre de le croire… Alors mon avatar lui a fait des bisous partout pour essayer de noyer le poisson.

Naturellement, je me sentais de trop. J'ai aperçu la petite terrasse de l'appartement, et j'ai songé que je m'y trouverais peut-être mieux. Et dans la seconde suivante, je m'y tenais, aspergé de soleil, les bras appuyés à la rambarde. Derrière la vitre, je distinguais les deux tourtereaux sur le canapé. Ils en étaient venus aux papouilles.

J'ai fixé un camping-car garé au pied de l'immeuble, en me concentrant dessus. En l'espace d'un battement de paupières, je me suis trouvé assis sur son toit, totalement invisible pour les gens qui passaient et ceux qui regardaient aux balcons.

Besoin de faire le point. Ce matin, je m'étais réveillé dans un corps lourd comme du plomb, j'avais découvert qu'il existait un avatar de moi-même, qui ne me voyait pas mais réagissait à mon approche par un champ magnétique, et qui désirait effacer la natation de sa vie. Cet avatar embrassait actuellement ma chère et tendre, tandis que je mettais de l'ordre dans ma tête, assis sur le toit d'un camping-car, ignoré du monde entier.

Qui étais-je, moi, dans tout ça ? Mon propre fantôme ? Le fantôme de celui que j'aurais voulu être ?

6

Je n'ai pas attendu davantage. J'ai pensé très fort à Jeanne et je me suis retrouvé dans le couloir de l'hôpital. Sa chambre était entrouverte. Deux pieds chaussés de pantoufles sont apparus, puis des jambes, enfin Jeanne tout entière sur le fauteuil roulant que poussait un infirmier. Sa mère suivait. Elle a refermé la porte, et le trio m'est passé devant, sans s'apercevoir de ma présence.

Le visage de Jeanne était serein. Celui de sa mère aussi. À cet instant, on aurait cru des sœurs que seules quelques années séparaient. Je les ai accompagnées. Un ascenseur nous a déposés à l'étage de la chirurgie. Devant une porte, la mère de Jeanne a tendrement embrassé sa fille, en lui montrant ses doigts croisés, puis l'infirmier a poussé le fauteuil roulant à l'intérieur du sas hermétique de la salle d'opération.

Je ne suis pas entré. J'ai croisé les doigts, moi aussi. Pour Jeanne, pour sa mère. Ensuite, mes pensées se sont dirigées vers la vieille ville. Les ruelles douillettes m'ont entouré. Tout était comme la veille, les enfants goûtaient dans les maisons aux fenêtres entrouvertes, des gens parlaient sur le pas de leur porte.

Je me suis assis sur le perron d'une petite maison, et j'ai saisi mon téléphone portable. Dans ma main, il se comportait à son habitude, en fidèle objet utilitaire. Les touches réagissaient sous mes doigts, je pouvais passer en revue la liste de mes contacts. J'ai appelé chez moi. Sans succès. Ça sonnait, mais Charline ne décrochait pas. Et la messagerie ne se mettait pas en marche. J'ai essayé d'autres numéros, avec le même résultat. *Papa portable. Maman portable.* J'entendais sonner, sans résultat. *Papi et mamie. Le Grand Voss.* J'allais remballer mon téléphone quand le numéro de Romain a retenu mon attention et m'a paru clignoter. C'est une image, bien sûr. Mais c'est véritablement l'impression que j'ai eue. Une braise rougeoyante au milieu de cendres froides. J'ai appelé :

– Allô ?

La voix de Romain, dans l'écouteur, m'a électrocuté :

– C'est toi, Nathan ?

– C'est moi, oui, j'ai réussi à articuler.

À son tour, Romain ne disait plus rien. Le silence est devenu très épais. Au bout d'un temps que j'ai jugé interminable, la voix de Romain a repris :

– Mec, on peut se voir ?

Je ne comprenais pas comment, à la différence des autres, il parvenait à m'entendre, mais oui, il fallait absolument que je parle à quelqu'un. J'ai marmonné une sorte de « oui ».

– Cette nuit, disons vers une heure du matin, au centre nautique, sur la plate-forme du cinq mètres. Ça irait ?

J'ai bredouillé un « d'accord » tremblotant, et j'ai raccroché en me demandant pourquoi Romain avait choisi une heure si tardive. Et pourquoi, précisément, à la fosse à plongeon.

7

Je suis remonté à pied jusqu'à la maison. J'aurais pu m'y rendre en un clin d'œil si je l'avais désiré très fort mais à bien y réfléchir, ces facultés surhumaines m'angoissaient. Surhumain, ça vous classe à l'écart de l'humanité. Poser les pieds sur cette terre me permettait de m'y accrocher encore.

Je me suis glissé dans le vestibule. Des conversations me parvenaient depuis la cuisine, la famille semblait au complet. Elles tournaient autour de la natation. Mon avatar tergiversait pour annoncer qu'il venait d'arrêter. Il évoquait la maladie de Jeanne.

– Pauvre fille, si jeune ! s'est exclamée ma mère.

– Quelle poisse… a renchéri mon père. Mais Jeanne, c'est une battante. Dans ce genre de maladie, la psychologie peut jouer beaucoup.

J'ai passé la tête dans l'encadrement de la porte. Bien entendu, personne ne m'a remarqué. Je suis entré dans la pièce et je me suis assis sur le tabouret du cellier.

– Je crois que la préparation des championnats sera perturbée, a annoncé mon avatar.

– Et Bérenger ? s'est étonnée ma mère. Il ne reprend pas le groupe ?

– Le pauvre, il est complètement sonné. Il a du mal à assurer les entraînements. Alors moi, c'est sûr, j'aborde pas les championnats dans les meilleures conditions.

Je comprenais parfaitement la manœuvre. Je me suis levé, et j'ai tapé sur la table :

– Tu devrais avoir honte ! Tu utilises la maladie de Jeanne pour annoncer que tu veux arrêter la natation !

Aucune réaction.

– Nathan, a dit mon père, je suis sûr que Jeanne a besoin de savoir que vous nagez bien ! Ce club, c'est quand même le projet de sa vie.

– Bien sûr, oui, a soupiré l'avatar. Mais moi, je sais plus où j'en suis.

Il s'est levé, a rangé ses couverts et son assiette dans le lave-vaisselle, et il est sorti de la cuisine en traînant les pieds.

– Tu boites ? a demandé ma mère.

– C'est rien, une petite douleur au genou depuis hier. À surveiller...

Mon avatar a laissé derrière lui mes parents, accablés tous deux d'une ride soucieuse au front. Une fois passée la porte, il ne boitait plus...

J'ai occupé une partie de l'après-midi à le regarder tirer sa flemme.

Il a empoigné *Le Vicomte pourfendu*, et s'est allongé sur le côté, la tête appuyée sur l'avant-bras. J'ai essayé de lire par-dessus son épaule, mais je lisais une page sur deux, celle de gauche, l'autre étant cachée par son bras. Malgré mon désir de connaître la fin de cette histoire (j'en étais resté à l'apparition du double de Médard, quand sa partie « bonne », revient au pays, et découvre que l'autre, la « mauvaise », l'a précédée), j'ai dû m'écarter.

Lui non plus, apparemment, ne parvenait pas à lire. Depuis quelques minutes, il bloquait sur la même page. À coup sûr, il relisait en boucle le même passage, tentant de se calmer : il adoptait une technique de respiration profonde qui mobilisait toute son attention.

Mon avatar vivait sa vie sans moi, je devais bien l'admettre. Chaque baiser reçu d'Alicia s'enfonçait dans mon cœur comme une flèche, chaque nouvelle part de gâteau, chaque nouvelle lecture, chacune de ses inspirations, il la vivait sans moi, et je me demandais combien de temps il me serait possible d'endurer cette situation.

Et là, je me suis posé la question que j'aurais dû me poser depuis longtemps : qu'était devenue la Bête ?

Je me suis allongé sur le tapis en mousse qui accueillait habituellement mes exercices de relaxation, mais je n'ai pas fermé l'œil. J'ai consulté l'heure sur mon portable. Quatorze heures. Le temps qui me séparait du rendez-vous avec Romain m'a paru infini.

La Bête, donc. Où était-elle ? J'avais beau fouiller en moi, dans ce qui me tenait lieu de mémoire, de conscience, de cerveau ou de je ne sais quoi... nulle trace d'elle. Même en songeant à une épreuve future, en me projetant à Dunkerque, en imaginant que je posais le pied sur le plot de départ, puis que je plongeais, nageais mes quatre longueurs de brasse jusqu'à toucher le mur : rien. Aucune manifestation de la Bête.

Alors ? Était-elle restée à l'intérieur de mon avatar ? Avait-elle totalement disparu ? S'était-elle désintégrée lors de notre séparation, comme un *alien* évacué dans le cosmos ?

Quand le portable de mon avatar a vibré, je me suis levé, et je me suis approché de la table de nuit pour lire le texto en même temps que lui :

C'est sûr ? Tu vas pas à la piscine ?

Il a répondu très vite, comme s'il craignait de le regretter :

Sûr de chez sûr. On peut aller faire un tour où tu veux.

La réponse est revenue comme une balle :

Je veux mais je peux pas. Il faut que je garde mes frères.

J'ai vu ses doigts hésiter. Puis il a tapé :

OK. Demain matin alors ?

La seconde suivante :

Avec plaisir.

Il s'est levé résolument, a descendu l'escalier en faisant mine de boitiller (au cas où il croiserait quelqu'un à l'étage inférieur), a filé au garage pour prendre le scooter, et s'est laissé porter dans la descente. J'ai sauté derrière lui, et je l'ai serré très fort contre ma poitrine pour diminuer les effets du champ de force.

Il a tourné dans le centre-ville, au bord des plages, sans but apparent, puis a mis le cap sur le centre nautique. Il a dépassé la piscine, s'est garé sur le parking du Carrefour, huit cents mètres plus loin. De là, il est revenu à pied vers le centre nautique.

Il scrutait les alentours comme quelqu'un qui ne veut pas être reconnu. Un coup d'œil à sa montre : encore vingt bonnes minutes avant l'arrivée du groupe Élite. Il a contourné la piscine, est allé se poster de l'autre côté de la grande baie vitrée, dissimulé dans l'ombre d'un arbuste, et il a attendu l'entrée en scène de ses camarades d'entraînement.

Bérenger est apparu en premier, le nez dans son carnet. Ensuite, le Grand Voss. Tous deux ont déroulé des lignes d'eau, puis d'autres nageurs du groupe Élite les ont rejoints : claques viriles sur les épaules ou sur les pecs avec les gars, chatouilles avec les filles (de derrière la vitre, je les ai observés avec nostalgie, ces jeux que je trouvais autrefois puérils...). Les derniers venus ont déroulé à leur tour quelques lignes d'eau, puis, tandis que Bérenger inscrivait le contenu de la séance sur le tableau blanc, tout le monde a commencé l'échauffement à sec. Les bras tournaient, les hanches roulaient, les têtes faisaient de petits mouvements de haut en bas, de gauche à droite, on effectuait ensuite des sauts de cabri, de plus en plus toniques.

Mon avatar regardait fixement tout cela. Dans son œil peu à peu, une larme s'est formée, a coulé sur sa joue. Il l'a essuyée, puis il s'est levé d'un seul bloc, a pris la direction du Carrefour et il est remonté sur le scooter.

8

Mon avatar reposait sur le dos, contemplant le plafond. C'était une sensation étrange que d'observer mon double, tandis que chaque heure m'en séparait un peu plus. Une tristesse profonde comme l'océan, à la surface de laquelle, pourtant, palpitait une lueur d'espoir. De manière très nette, mon esprit a conservé l'image de cette larme qui roulait sur la joue de mon avatar tandis qu'il épiait ses camarades au bord du bassin.

Il s'est étiré, s'est tourné vers la lampe de chevet, et il a éteint. Sa respiration s'est calmée, est devenue régulière. Je me suis approché, très près de lui, et je l'ai contemplé. Contempler n'est peut-être pas le mot exact, tant son image à cet instant m'a mis hors de moi. À l'intérieur de mon corps tout bouillonnait. Pire que dans une machine à laver. J'ignore si c'est ça, la haine. Je ne me souviens pas avoir ressenti une telle aversion pour personne jusqu'à ce jour. Quel qu'en soit le nom, j'avais l'impression qu'une force s'accumulait en moi, comme dans une cocotte-minute. Brusquement, une tempête s'est levée dans la chambre, parcourue d'éclairs. Un vent violent m'a soufflé au visage, m'a soulevé, m'a jeté à l'extérieur de la pièce, derrière la porte close. Comme je tendais les doigts vers la poignée, une décharge très violente a secoué mon avant-bras, et puis c'est comme si un géant me saisissait dans sa main, et me lançait tout au bout du couloir.

Une fois redressé, j'ai tenté un nouveau pas en direction de la chambre. En vain. L'atmosphère, de ce côté, était devenue plus épaisse qu'un mur de béton. Rien ne m'empêchait, en revanche, de descendre l'escalier, de passer devant le salon où les parents et Charline regardaient un film, puis de sortir dans la nuit.

Vingt-deux heures. Encore trois heures avant le rendez-vous. À mes pieds, les lumières de la ville ont rempli l'espace. Au-delà, il y avait ce grand corps sombre qui était la mer.

Je me suis mis en marche, lentement. J'ai descendu la côte en priant pour que chaque minute s'écoule plus vite. Hélas, je n'ai pas hérité du pouvoir d'accélérer le temps. Il allait donc falloir que j'endure toute l'éternité qui me séparait du rendez-vous.

Mes pas m'ont mené vers la piscine. J'en ai fait le tour, lentement. Je suis passé devant les baies vitrées, devant l'arbuste au pied duquel mon avatar s'était installé cet après-midi, pendant la séance d'entraînement. Et puis je me suis retrouvé devant la porte. Fermée, évidemment. L'instant d'après, par un simple mouvement de ma volonté, je me tenais dans le hall, face au panneau d'affichage réservé au club, qui contenait quelques photos, des articles de journaux, et la grille des records. Le Grand Voss squattait la plupart des meilleures performances chez les seize, dix-sept, dix-huit ans, et bien sûr en senior. Il avait eu la gentillesse de me laisser les épreuves de brasse.

Mais ça, c'était avant. À présent, je n'étais plus qu'un souvenir. Un fantôme de souvenir.

J'ai traversé les vestiaires, plongés dans une nuit totale. Je connaissais tellement les lieux que je n'avais pas besoin de lumière pour y avancer. Dans les douches, une veilleuse diffusait un semblant de clarté. Quelque part, un robinet fuyait, on entendait le « plic » d'une goutte répercuté dans tout l'édifice.

Dans le pédiluve, mes pas ont produit le bruit d'une cataracte. Je me suis demandé si j'étais seul à entendre les sons que j'émettais. Qu'en était-il de mes actions ? Quelqu'un d'autre les remarquait-il ? Ou laissaient-elles des traces seulement pour moi, et pour un temps très éphémère ?

9

Quand Romain est arrivé, j'étais perché depuis longtemps sur la plate-forme. Par la baie vitrée, la lune se reflétait sur le miroir immobile de la fosse à plongeon. Il est apparu à côté de moi, assis en tailleur. J'ai remarqué en même temps la pâleur de son visage, et le sourire cynique imprimé sur ses lèvres. Ce sourire du Romain candidat à l'émission *The Truth,* qui causait son malheur. Sauf qu'on n'était pas sur un canapé, et que personne ne nous filmait.

– Alors, mec, un joli saut ? T'as jamais rêvé de te tremper ici, sans personne d'autre que la lune ?

– Il y a quelqu'un, Romain, j'ai répondu en essayant de contenir mon émotion. Il y a toi, et tu es justement celui que je veux voir.

Il a ricané :

– Impatient, gros ? Que puis-je pour toi ?

– M'expliquer ce que tu sais.

– Qu'est-ce qui te fait croire que je comprends ce qui nous arrive ?

– Tout à l'heure, au téléphone. Tu avais l'air…

Romain a balayé l'air d'une main impatiente :

– Écoute, j'en sais guère plus que toi. Ça m'est arrivé la semaine dernière, juste après le cinéma. Et depuis j'ai galéré pour comprendre… trois fois rien.

– Dis toujours. Moi, ça date de ce matin. Je nage dans le flou total.

– Nager… Normal, pour un nageur, hein ?

– Ro, est-ce que tu sais qui on est ?

Il m'a regardé en retenant son souffle. Puis l'air est sorti en chuintant de ses poumons, et il s'est esclaffé comme à la télé, en rejetant ses cheveux en arrière avec ce geste légendaire qui avait fait craquer des milliers de gamines devant leur écran (et ricaner la plupart des élèves de notre lycée…).

– Ah, d'accord… Tu pars vraiment de zéro, là ! Bon, voilà ce que moi j'ai réussi à supposer. Je dis bien « supposer » !

Je me suis calé confortablement sur la plate-forme, les bras autour de mes cuisses, le menton appuyé sur mes genoux, et j'ai ouvert en grand mes oreilles.

– T'as déjà vu une mue de serpent ?

– Oui.

– Ben voilà, on est des mues. Des peaux mortes qui correspondent à un état ancien de ce que nous avons été.

Cette représentation m'avait effleuré, mais je ne l'avais pas encore formulé si clairement.

– L'image n'est pas très belle, a repris Romain. Mais on pourrait...

Il s'est tu. Pendant quelques secondes, le silence a repris possession de l'espace. Le silence ? Pas tout à fait. On entendait toujours, dans le lointain, répercuté par la longueur des couloirs, le « plic » de la goutte dans les douches. Et ce calme étrange, ce calme très épais, caractéristique d'une pièce où se trouve une grande quantité d'eau.

– Il peut y avoir d'autres images, a poursuivi Romain.

– Par exemple ?

– Par exemple, les « rêves », les « ambitions déçues », les « destins brisés »... Laquelle tu préfères ?

– Hmm... Les « rêves ».

– J'en étais sûr. P'tit Bout : le sentimental ! Bref, tel est notre lot, on nous chouchoute longtemps dans le fond d'un cerveau, d'un cœur, ou de tout ce qui peut nous contenir, et un beau jour on nous laisse tomber brutalement. On nous arrache, on nous déconnecte, on nous abandonne au bord du chemin. Comme des peaux de banane !

J'ai frissonné. Ce que formulait Romain, avec son sens inné du burlesque, correspondait à ce que je ressentais depuis le matin. Il avait effectué, quelques jours en amont, le même cheminement que moi.

– Il y a quand même des rêves qui se réalisent, j'ai objecté.

– Il y en a. Mais ceux-là ne sont pas ici.

– Tu penses à quoi, Ro ?

– Aux champions, aux artistes accomplis, aux hommes d'affaires en réussite... Ceux qui n'ont « rien lâché », comme on dit dans les émissions de téléréalité...

– Est-ce que tout le monde a une... « mue » ?

– Pas obligatoirement. La plupart des gens évoluent lentement. Leurs rêves s'éteignent peu à peu parce qu'ils se persuadent qu'ils ne les réaliseront pas, et ils l'acceptent. Tandis que nous, nous avons été éjectés du train en marche, et nous brûlons d'y reprendre notre place.

– Et comment réintégrer notre... notre « avatar » ?

– J'aime bien ton mot. J'en cherchais un. « Avatar »... Oui, pas mal du tout. Reste à savoir lequel est l'avatar de l'autre.

Romain a fait durer le plaisir avant de répondre à ma question :

– Je suppose qu'il faut savoir reconnaître le bon moment. S'il vient.

Sur ces paroles, sa voix a traîné un peu, son regard est devenu plus lointain.

– Mais bon, moi, je suis pas « réalisateur de rêves ». D'autre part, le mien... enfin, celui que je personnifie... il m'a semblé que t'étais pas très copain avec, jusqu'ici : le « trou », le canapé... Ça t'inspirait pas grand-chose de bon, non ?

Je n'ai rien répliqué. J'éprouvais un profond malaise en face de lui. Ce n'était pas le même Romain que celui de l'autre jour, au cinéma. Je me suis souvenu de ses paroles. Il avait évoqué deux êtres qui se livraient bataille en lui. Celui qui se trouvait près de moi sur le plongeoir, c'était le Romain candidat. Son rêve indésirable.

À ces pensées, je me suis demandé qui j'étais, moi, pour juger les rêves des autres.

C'est là, dans ce silence gêné, qu'on a entendu les pas.

10

Au début, on ne l'a pas bien distinguée. Un halo pâle l'entourait. Elle était comme nous. Pas réelle. En tout cas, pas constituée de chair et d'os. Et puis elle est sortie de l'ombre. C'est là qu'on l'a reconnue. Emma Verseau, championne de France du deux cents mètres brasse il y a dix ans, et sélectionnée à l'époque pour les championnats d'Europe, où elle avait obtenu une place en demi-finale, améliorant au passage le record de France. Certes, Emma Verseau n'avait pas obtenu cette sélection sous les couleurs du club : elle n'avait pas eu ma chance, et avait dû s'exiler à Antibes parce qu'à l'époque les équipements ciotadens ne lui offraient pas les conditions idéales d'entraînement.

Elle avait tenté la qualif aux mondiaux l'année suivante, hélas sans succès, puis elle avait raccroché, à l'issue d'une carrière honorable.

On la voyait parfois, le week-end, lorsqu'elle rendait visite à ses parents. Elle venait toujours nous encourager si une compétition avait lieu à La Ciotat. Le reste du temps, elle habitait Nice. La rumeur courait que son mari, consultant en informatique, venait d'obtenir sa mutation pour la Floride, et qu'elle s'apprêtait à le suivre la mort dans l'âme. Pendant longtemps, selon Jeanne, Emma Verseau avait rêvé de revenir vivre à La Ciotat. Elle était partie pour Antibes en gardant au cœur l'espoir de rentrer au bercail à l'issue de sa carrière, puis elle avait rencontré cet étudiant en informatique à Sofia Antipolis, sur les hauts d'Antibes, avait enchaîné les petits boulots, là-bas, sur la Côte, pour demeurer près de lui, tout en lorgnant les offres d'emploi qui la rapprocheraient d'ici, et voilà que son mari l'empêchait de revenir vivre où elle avait jadis envisagé d'écouler le restant de ses jours. Pour la plupart des gens, cette existence à La Ciotat n'aurait pas pesé bien lourd face au rêve américain. Mais Emma Verseau n'était pas la plupart des gens. Sa sensibilité particulière l'attachait à l'endroit, elle qui avait déjà vécu comme un déchirement son exil sur la Côte d'Azur, à seulement deux cents kilomètres.

Elle ne nous avait sans doute pas remarqués. Elle marchait lentement, comme si elle suivait un nageur imaginaire. Arrivée au bout du bassin, elle est repartie dans l'autre sens. Cette fois, elle observait les tribunes, que Jeanne avait fait agrandir afin que l'établissement puisse accueillir des compétitions plus importantes. Elle a monté quelques marches, est redescendue, a jeté un dernier regard au grand bassin.

Puis, comme il était venu, le rêve d'Emma Verseau s'est évanoui dans la nuit.

Romain et moi, on s'est séparés sur le parking du centre nautique. Avant qu'il s'en aille, je lui ai posé une dernière question :

– Romain, est-ce que ton corps aussi perçoit les choses différemment ?

– Du genre la porte que tu crois fermer, et qui reste ouverte derrière toi ? ou le champ de force dès que tu approches ton avatar ?

J'ai eu l'impression qu'il avait baladé une lampe au beau milieu de mes pensées.

– Oui, c'est ça. Comment tu l'expliques ?

– Écoute, Nathan. On est des rêves. Des entités spirituelles. À la fois connectées au monde sensible, et immatérielles. Quand tu imagines marcher sur le sol, tes pieds marchent sur ce que tu prends pour le sol ; quand tu imagines ouvrir la porte, la porte qui se trouve dans ta tête s'ouvre. Mais la vraie porte, elle, ne s'ouvre pas. Pourtant, je reste persuadé qu'on peut avoir accès à l'esprit de ceux que tu appelles les avatars.

Sa voix s'est altérée sensiblement, il m'a jaugé du regard et sur son front une ride soucieuse s'est creusée :

– Nathan, je crois même que c'est obligatoire, pour nous. Et plutôt pressé.

Son visage ne m'avait jamais tant inquiété. J'ai frissonné :

– Qu'est-ce que tu veux dire ? « Obligatoire »... « pressé »... ?

– Je crois qu'on ne restera pas éternellement ici, sous cette forme. Dans quelques jours, quelques semaines tout au plus, toi et moi on ne sera plus...

Il n'a pas terminé sa phrase. Sa gorge ne laissait plus passer d'air. Je n'avais jamais vu Romain sous le coup d'une telle émotion.

Il s'est éloigné doucement, en me faisant signe de le laisser. J'ai soufflé :

– Romain ! On se reverra ?

– Si tu veux. Si tu en éprouves le besoin. Je te propose la nuit prochaine, même heure, sur le belvédère du Bec de l'Aigle.

11

Mes jambes ont avancé seules depuis le centre nautique jusque sur notre colline. Les phrases de Romain ricochaient dans mon crâne : « Je crois qu'on ne restera pas éternellement ici, sous cette forme. » J'avais peur de deviner la fin de la phrase qu'il n'avait pas achevée : « Dans quelques jours, quelques semaines tout au plus, toi et moi on ne sera plus... de ce monde. » Voilà les mots que Romain n'avait pas réussi à prononcer.

Le reste de la nuit a passé très vite. Je me suis installé dans le jardin, et j'ai regardé pâlir l'horizon. Dormir ne m'était plus nécessaire. Ma place se situait désormais à l'écart, dans un état hybride entre la veille et le sommeil.

Des mouvements ont animé le quartier. Il y a eu d'abord le voisin que mon père surnommait le « roi de la colline » parce qu'il habitait tout en haut de la pente, à fleur de garrigue. Il partait tôt le matin, et, « par civisme », comme il disait, laissait descendre sa voiture en roues libres jusqu'en bas avant de mettre le contact. J'ai entendu décroître le « roll roll » de son déplacement, puis, très loin, le moteur qui démarrait.

Il y a eu ensuite la course d'un lapin sauvage dans le jardin. Et des gazouillis d'oiseaux, de plus en plus nombreux.

Six heures trente. Le velux de la chambre des parents s'est entrouvert. La cafetière n'a pas tardé à répandre son odeur jusque sur la terrasse, par la fenêtre de la cuisine.

Une bouffée de nostalgie m'a envahi. Une petite voix m'exhortait à m'accrocher, il restait peut-être encore une place pour moi dans l'esprit de mon avatar.

Sur le coup de sept heures trente, les parents ont quitté la maison. Tout est redevenu silencieux, sauf le jardin, qui gazouillait à plein régime.

Bien après, j'ai entendu des petits pas dans la cuisine. Je suis entré. Charline se préparait un bol de céréales, revêtue de son pyjama licorne (Dieu soit loué, son avatar de frère n'avait pas réussi à la décourager !). Elle chantonnait, comme à son habitude. J'ai formulé le vœu que rien ne change pour elle, et qu'elle croie encore longtemps aux licornes, toute sa vie pourquoi pas.

Je suis sorti de la cuisine, j'ai emprunté l'escalier qui conduisait aux chambres, et je me suis arrêté devant la mienne. Impossible d'aller plus loin, le champ de force était toujours actif.

Une heure a passé. Charline est montée s'habiller, elle est redescendue et, peu après, me sont parvenues les voix d'un dessin animé pour enfants (sûrement *Mon petit poney*, qu'elle regarde toujours, sans l'avouer à ses copines).

Quelque chose a remué à l'intérieur de la chambre, un frottement sur la moquette. J'ai entendu ma voix pousser un soupir, puis des pas traînants, le grincement d'un volet. De la lumière a filtré sous la porte.

J'ai pu pénétrer dans la pièce. Le champ de force avait fortement décru, toutefois, lorsque j'ai tenté de toucher mon avatar, les décharges ont recommencé.

Lui, il sifflotait en s'habillant. Sur l'armoire, des recettes pâtissières avaient remplacé ma collection d'anneaux olympiques. Des fiches reçues à Noël, deux ans plus tôt si je me souvenais bien. Un peu nunuche comme déco mais après tout, pas plus que la précédente…

On est descendus à la cuisine. C'est-à-dire qu'il m'est passé à travers – ainsi qu'il en avait pris l'habitude – et que je l'ai suivi en bon petit chien. En atteignant le hall, qui donne sur le salon, il s'est mis à boiter, et il a continué à le faire dans la cuisine (par précaution, au cas où Charline débarquerait). Il a ouvert le frigo, puis a crié en direction du salon :

– Hé ! le gâteau poire-chocolat ! Il est passé où ?

La voix de Charline nous est parvenue, couvrant les dialogues de son dessin animé :

– Je l'ai partagé avec Maëlys, hier. Pourquoi ? T'en voulais ?

– À ton avis…

Mon avatar a levé les yeux au ciel. Il en était quitte pour s'envoyer des biscottes industrielles que les parents gardent toujours de côté, au cas où.

– Bon, écoute : j'en refais un. Celui-là, t'y touches pas ! OK ?

Un vague « OK » nous est parvenu. Charline avait augmenté le son de la télé.

J'ai observé mon chef pâtissier tandis qu'il réunissait les ingrédients et (était-ce du mauvais esprit de ma part ?) j'ai décelé une petite boursouflure au bas de son ventre. Je me suis demandé si l'on pouvait prendre du bide après seulement deux jours d'arrêt d'entraînement. Mais quand il a enfourné sa onzième biscotte saturée de Nutella, j'ai conclu que oui, c'était peut-être encore juste une idée, mais en continuant à dévorer autant sans plus remuer sa carcasse, il ne tarderait guère à enfler.

Cependant, ce petit plaisir sadique que je m'octroyais à l'imaginer en baudruche remplie de Nutella ne changeait rien à ma situation. Car si les dires de Romain se révélaient exacts, il ne me restait plus beaucoup de temps pour trouver un accès à la raison de mon avatar.

C'est là que son portable a sonné.

– Oui, Alicia, tu peux passer quand tu veux. Je suis là toute la journée.

12

En les apercevant, j'ai compris aussitôt. La première, yeux battus, épaules basses, précédait l'autre d'un tout petit mètre. Elle était comme moi, très pâle, et aussi désemparée qu'un papillon de nuit dans la lumière. Ses yeux furetaient à droite, à gauche, à la recherche d'un point d'appui solide.

Je me suis placé devant elle au moment où Alicia poussait le portail.

– Attends !

Elle a sursauté, m'a jeté un regard effaré.

– Écoute-moi ! Je suis comme toi, regarde !

Je lui montrais la pâleur de mon visage, et je désignais, sur le seuil de la maison, mon avatar qui, boitillant à la perfection, accueillait le sien.

– Ça m'est arrivé hier, et j'en sais pas beaucoup plus que toi, mais je peux t'expliquer quelques petites choses.

Ses yeux allaient de lui à moi. Je discernais sa tension sous chaque trait de son visage, c'était une fourmilière.

Là-bas, le long baiser a pris fin. Le couple est entré dans la maison, a refermé la porte.

À présent, le rêve d'Alicia se laissait faire. Je l'ai invitée à s'asseoir derrière la maison, sur le petit muret du terrain de boules. Là, lentement, en lui caressant les cheveux, j'ai expliqué ce que je savais.

3e partie

Ennemis ?

1

– S'il existe un moyen, il faut que Romain nous le donne !

Alicia marchait devant, à une telle vitesse que sur notre droite les façades du port se fondaient en un seul mur. Depuis que je lui avais expliqué ce que je savais, et surtout, depuis que j'avais évoqué ce rendez-vous avec Romain en haut du Bec de l'Aigle, elle avait été revigorée.

– Il m'apprendra peut-être pourquoi l'autre, celle que tu appelles mon « avatar », a déchiré tous les calepins sur lesquels, depuis des années, j'avais noté des idées pour de futurs textes.

Je pouvais très bien le lui expliquer, moi, si seulement elle acceptait de m'écouter jusqu'au bout ! L'autre Alicia, d'une certaine manière, était devenue son ennemie. Et ce que j'attendais de Romain, c'était qu'il nous dévoile le moyen de prendre le dessus sur nos avatars. S'ils avaient, à notre détriment, conservé leur place dans la réalité, rien ne garantissait que l'opération soit irréversible.

Mais Alicia ne m'avait pas écouté jusqu'au bout. Dès le moment où je m'étais montré à elle, au portail, j'avais ressenti une adversité sourde à mon égard.

– Elle l'emportera pas au paradis, cette garce ! Et toi... toi...

– Moi, quoi ? j'ai jeté en lui attrapant le bras. Dis-moi pourquoi tu me traites en ennemi depuis tout à l'heure !

Les façades ont défilé moins vite. On s'est arrêtés complètement, au beau milieu de la rue.

– Alicia ! Je suis comme toi. Je continue à rêver. La médaille olympique, j'ai jamais cessé d'y penser, et je la veux encore, plus que jamais. C'est lui, mon... mon avatar, qui a tiré un trait sur tout ça.

Elle dansait d'un pied sur l'autre en affectant une moue boudeuse. J'en ai profité pour enfoncer le clou :

– Tu lui en veux d'avoir arrêté ? C'est ça ?

Ses poings se serraient et se desserraient spasmodiquement. Elle s'est tournée vers moi :

– Bien sûr que je lui en veux. Désolée de t'en rendre responsable, je confonds encore tout, ça me paraît tellement énorme. Ta passion pour la natation, c'était un peu devenu la mienne. Je voulais que tu te prouves à toi-même que tu pouvais entrer en finale.

Elle s'est approchée de moi, a posé son front contre ma poitrine. C'était une sensation étrange. Pas aussi doux ni aussi chaud qu'avant, mais je sentais quand même quelque chose. Création de mon esprit ou non, ça ressemblait quand même beaucoup à un contact physique.

– Alicia, on a les mêmes ennemis. Et on va les combattre pour les mêmes raisons. Ensemble.

Elle m'a regardé très attentivement. J'ai poursuivi :

– Ce que tu appelles la Voix, moi je l'appelle la Bête. Je l'entendais aussi, au fond de mon crâne, cette force qui me poussait à abandonner. Cette incapacité de m'envisager, moi, tout petit Nathan de La Ciotat, réussissant quelque chose de quasiment impossible. Je m'en rends compte aujourd'hui, la Bête, la Voix, ou peu importe comment on l'appelle, tout le monde la porte en soi.

Certains parviennent à s'en accommoder. D'autres non. Reste à savoir si nous pouvons encore changer le cours de notre histoire...

Elle m'a regardé comme si je venais de proférer un discours ésotérique. Puis une minuscule ride s'est imprimée au bord de ses lèvres.

Un sourire.

Dix minutes avant le rendez-vous, on a traversé le parc du Mugel. Le jardin botanique reposait sous la lune. Sur la gauche, à l'aplomb des premières calanques, on entendait la respiration colossale de la mer.

On s'est enfoncés dans la nuit végétale. Dans un silence presque total, on a entendu des frôlements, sur notre droite. On longeait la petite forêt de bambous plantée au pied de l'escalier du belvédère. Pas un souffle, rien. Pourtant, à intervalles réguliers, un friselis qui pouvait rappeler celui du vent nous accompagnait. À la différence près qu'il s'interrompait quand nous cessions d'avancer.

J'ai appelé :

– Romain ! C'est toi ?

Pas de réponse.

On a continué. Au-delà de la forêt de bambous, l'escalier taillé dans la roche s'élevait, très raide.

Les frôlements se sont interrompus. Peut-être n'était-ce, après tout, rien d'autre qu'un léger souffle dans les feuilles.

L'ascension qui d'ordinaire sollicitait fortement les mollets nous a paru indolore. On avait l'impression de s'élever par la simple volonté de notre esprit. Et, si l'analyse de Romain se révélait juste, c'était exactement ce qui se passait.

À notre arrivée, le belvédère était désert. On s'est approchés de la rambarde et on a contemplé, au loin, le reflet de la lune sur les flots. La mer battait le pied de la falaise, quatre-vingts mètres plus bas, projetant des arabesques blanches dans l'obscurité.

On s'est collés l'un contre l'autre et on est restés là, devant ce paysage tourmenté. C'était beau, et c'était bon de sentir la présence d'Alicia. Comment assimiler ce contact à une simple création de mon esprit ?

– Hum...

On a regardé simultanément sur notre droite : Romain se tenait là, accoudé à la rambarde, à l'endroit où, la seconde précédente, il n'y avait personne.

– Désolé, jeunes gens, de troubler votre intimité romantique. J'avais pas prévu que vous seriez deux !

Comme on se séparait, un peu gênés, il a ri :

– Pas d'inquiétude, je dirai rien à vos parents, gentils tourtereaux... De toute façon, même si j'essayais, ils m'entendraient pas !

Il s'est levé, a grimpé sur le parapet, et il a écarté les bras, en position de plongeon :

– Ce que nous faisons ne laisse aucune trace à la surface de la planète. Si je sautais du haut de ces quatre-vingts mètres, j'aurais l'impression de toucher l'eau. Mais la mer, elle, ne s'en apercevrait pas. Pas d'une seule éclaboussure !

Il nous a considérés, l'air finaud :

– Je vous sens déçus, je me trompe ?

– Ro, tu m'avais dit que tu m'expliquerais comment avoir un impact sur le monde qui nous entoure.

– Non, c'est pas ce que j'ai dit. J'ai dit que je pensais possible d'agir sur les avatars. Et je le pense toujours.

2

Romain a commencé à parler, et ses mots ressemblaient à des notes. Je me suis rendu compte à quel point j'aimais sa voix. Cette voix chaude, un peu rauque, qui donnait à chaque mot une tonalité propre. L'espace de quelques minutes, j'ai oublié que celui qui se tenait devant nous était seulement le rêve de Romain. Celui qui avait fait beaucoup de mal à mon ami.

– C'est un vieux rêve que j'ai rencontré sur le port qui m'a expliqué ça. Celui d'un ouvrier du chantier naval licencié depuis un an. Son avatar n'y croyait plus, ne trouvait plus la force de se battre pour conquérir un nouvel emploi. Chômeur à cinquante-trois ans, c'est souvent rédhibitoire.

Lui, le rêve, tournait autour de son avatar chaque soir au coucher, et chaque matin au réveil, en cherchant la brèche.

– Et alors ?

– J'ignore comment il s'y est pris, mais hier je l'ai vu devant un atelier de mécanique, en bleu de travail. Il prenait sa pause au soleil, le visage tout rose, avec le sifflotement du travailleur satisfait.

– Et son rêve ? Qu'est-ce qu'il est devenu ?

– Je l'ai plus revu. Je crois que son avatar et lui, à nouveau, ne font plus qu'un.

On était contents pour le type, mais quand même un peu déçus que Romain ignore le moyen de réintégrer notre avatar.

– C'était toi, tout à l'heure, dans les bambous ? a demandé Alicia.

– Dans les bambous ? Non, je suis arrivé par là, directement.

En prononçant ces mots, Romain s'est tapoté le front de manière significative.

Aussitôt, j'ai repensé au rêve d'Emma Verseau, que nous avions aperçu furtivement la veille. Un soupir a couru dans l'ombre du côté de la bambouseraie.

Alicia, qui scrutait la pente mangée de nuit, a parlé comme pour elle-même :

– Romain, c'était qui, alors, si c'était pas toi ?

– *Il Diablo !* il a ricané en sautant à bas de son parapet.

– Sérieusement, Ro, j'ai insisté. Qui ça pouvait être ?

– N'importe qui, corps ou esprit. Nous ne sommes pas les seuls dans notre cas. D'autres rêves hantent la ville, à la recherche de cette possibilité de retrouver leur avatar.

– Combien on est, d'après toi ?

– Vingt. Trente. Peut-être plus. Chaque jour, de nouvelles mues se forment. Et d'autres disparaissent sans laisser aucune trace.

– Disparaissent ?

– Rien ne dure en ce bas monde, gros. Les rêves déchus encore moins que le reste. Nos jours sont comptés. Si on parvient pas à reconquérir nos avatars, on disparaîtra. D'abord, on aura mal à la tronche, puis on pâlira. On pâlira de plus en plus. Et à la toute fin, on se dissoudra dans le néant.

– Comment tu le sais, Ro ?

– Ce soir, au centre nautique, j'ai revu le rêve d'Emma Verseau. Il était tout fripé, tout pâle. Il se tenait la tête à pleines mains, et je peux vous garantir qu'il avait *réellement* mal.

– Elle t'a vu ?

– Je sais pas. La pauvre ne pouvait probablement plus parler. Elle est devenue de plus en plus fripée, de plus en plus blanchâtre. Puis elle s'est élevée dans les airs, en volutes évanescentes, et elle a disparu.

3

Le soleil n'était pas encore levé quand chacun est rentré chez soi. Nous avons croisé la route des derniers fêtards, pressés de se jeter au fond du lit. Nous, nous ne ressentions nulle envie de dormir, et nous aurions pu rester encore sur la falaise à philosopher en contemplant le jour naissant.

Mais je crois que chacun désirait guetter le réveil de son avatar, et chercher le moyen – puisqu'aux dires de Romain il en existait un – de renouer contact avec lui.

Le mien dormait encore, et pour longtemps, quand je suis arrivé devant la maison. Une odeur de café émanait de la cuisine. De temps à autre, papa ou maman laissait échapper un borborygme d'être humain mal réveillé.

– J'ai une sale impression, a murmuré mon père.

– Nathan ? a soufflé ma mère, dans cette économie de paroles qui la caractérise au réveil.

– Nathan.

– Je crois que j'ai la même impression que toi. Il n'y est plus.

– Il n'y est plus et il boite un peu quand il veut. Ou plutôt, quand il ne veut pas...

Les toasts ont sauté sur le grille-pain. Mon père s'est levé pour aller les chercher. Au passage, il a chuchoté à l'oreille de ma mère (comme si mon avatar, enfoncé dans les bras de Morphée, pouvait l'entendre !) :

– Le texto de Bérenger, on le lui montre ?

– Attends encore un peu. C'est peut-être normal. L'effet d'une copine, ou quelque chose comme ça. Ça risque de tout aggraver si on intervient, tu crois pas ?

– Oui et non. S'il a besoin de conseils, mais n'ose pas les demander, on doit pas louper le coche. Faire péter plusieurs séances, ça lui était jamais arrivé.

Texto ? Bérenger ? En quelques phrases j'ai compris que Bérenger avait contacté les parents pour s'étonner de mon absence aux derniers entraînements.

Ils ont englouti leur ration sans rien ajouter, la même ride imprimée sur leurs deux fronts, puis ils ont tout rangé, ont embarqué leurs sacs, leurs sacoches, leurs clés, et sont partis comme des soupirs en accompagnant la porte pour ne pas la faire claquer.

J'ai pensé très fort « salle de bains ». La seconde d'après je me retrouvais devant le miroir du lavabo, face à mon reflet. Toujours aussi bien coiffé, toujours pâle. Peut-être un peu plus que la veille. Romain avait dit que les rêves irréalisables pâlissaient de plus en plus, et se dissolvaient dans l'atmosphère après d'horribles souffrances. Certes, je ne ressentais aucune douleur nulle part, mais c'était un fait : le haut de mon visage s'était éclairci, il adoptait une teinte qui tendait vers la transparence. Et mes cheveux semblaient blanchir, comme ceux d'un adulte dans la force de l'âge.

Je me suis passé de l'eau froide sur la figure. Puis j'ai placé mon crâne sous le robinet. Longtemps. Quand j'ai relevé la tête, je me suis contemplé dans le miroir. Mes cheveux étaient plaqués sur mon front, de l'eau imprégnait mon tee-shirt, et sa fraîcheur déclenchait des frissons à la surface de ma peau.

J'ai fermé les yeux. Durant un long moment, je n'ai rien entendu d'autre que les battements de mon cœur. Puis des pas dans le couloir, l'ouverture d'une porte, le son de la chasse d'eau, et la sensation d'une présence, tout près de moi.

J'ai ouvert les yeux. Le miroir me renvoyait mon image : entièrement coiffé, avec la petite vague gélifiée sur le front, comme si j'avais passé un quart d'heure à soigner mon look. Mais surtout, mon avatar se tenait à ma gauche, à moitié ensommeillé. Il se lavait les mains. Le pipi de sept heures du matin… Je connaissais bien ce moment, qui m'éjectait du sommeil la vessie pleine. J'allais aux WC en veillant à ne pas trop me réveiller, en semi-somnambulisme maîtrisé, puis je me glissais sous la couette avec délice, songeant qu'il me restait encore un petit bout de nuit. Tandis que mon avatar s'essuyait les mains, j'ai eu tout le loisir de le contempler torse nu. Et en effet, un léger bourrelet ornait son bas-ventre. Trois jours de régime marmotte avaient déjà laissé des traces.

Je l'ai suivi dans sa chambre. Il s'est couché, s'est tourné vers la droite (mon côté préféré) et a commencé à respirer plus lentement. Je ne sais pas comment, j'ai allongé la main jusqu'à toucher son épaule. De petits crépitements ont couru sur mes doigts, mais la sensation demeurait supportable. J'ai effectué une légère pression.

En l'espace d'une seconde... une multitude d'événements ont eu lieu. Comme si une cascade s'ouvrait à l'intérieur de ma tête. Je me suis surpris, pour la première fois, à éprouver de la compassion envers lui. J'avais brusquement conscience, malgré ce qui nous séparait, malgré tout ce qu'il avait détruit, malgré ce qu'il m'avait pris, oui, j'avais conscience que nous étions une seule et même personne. Une seule et même personne que la Bête avait séparée en deux. Lui, qui demeurait en pleine lumière et continuait à habiter le monde, et moi, que les profondeurs attiraient lentement. La menace évoquée par Romain se précisait : si je ne retrouvais pas le chemin jusqu'à lui, je pâlirais de plus en plus, et je disparaîtrais dans d'atroces souffrances. Or, si je parvenais à réunir nos deux moitiés, il y avait fort à penser que je retrouverais la Bête. Ou plutôt ce que je nommais la Bête, et qu'Alicia nommait la Voix. Cette partie de moi que je devais non pas combattre mais accepter, considérer comme une caractéristique intégrante de ma personnalité.

À la toute fin de cet instant qui m'a paru durer plusieurs heures, j'ai songé que, contrairement à ce que je pensais depuis le début, c'était peut-être moi qui avais rejeté mon avatar.

Telles ont été mes pensées, fusant à cent à l'heure et agissant comme un flash révélateur, quand mes doigts ont effectué cette légère pression sur son épaule.

Il s'est redressé sur les coudes.

– Charline ? C'est toi ?

Il a allumé la lampe de chevet, a balayé la chambre des yeux, s'est penché pour voir sous le lit. Quand il s'est relevé, son visage était agité de petits tressautements, comme la surface d'une eau dormante brusquement dérangée. Il est resté quelques secondes assis, regardant à travers moi d'un air perplexe. Puis il a éteint, et s'est rallongé. Je ne sais pas ce qu'il pensait. Je me souviens que je ressentais fréquemment, même sorti de l'enfance, ce genre de petites angoisses avant de m'endormir. Il suffisait d'un craquement dans la charpente ou d'un coup de vent dans les rideaux pour que je passe la chambre en revue.

Je suis descendu au salon, et je me suis installé à côté de Charline, qui avait mis son dessin animé. Une petite étincelle d'espoir s'était allumée dans mon crâne : mon avatar ne m'avait pas vu mais, pendant un bref instant, j'étais entré en contact avec lui.

4

Sur l'écran, les petits poneys cavalcadaient à droite, à gauche. Le suspense devait être à son comble et Charline, profitant lâchement de l'absence des parents, se rongeait les ongles (c'est absolument interdit par le règlement intérieur de la maison !). J'ai laissé sœurette se régaler, et je suis sorti. Il me fallait de la concentration.

Je suis monté en direction de la Vigie, le sémaphore installé tout en haut de la colline, dont les instruments de surveillance balayent la mer jusqu'à l'horizon du matin au soir. Très vite, les maisons se sont clairsemées, puis la route est devenue chemin, et la garrigue a pris possession de l'espace. J'avais besoin de calme pour analyser ce qui venait de se produire. Je me repassais mentalement la scène de la chambre, en essayant de faire le point sur le moment précis où j'avais touché l'épaule de mon avatar. Malheureusement, la mémoire n'est pas comme un film qu'on peut rembobiner indéfiniment. Plus je me remémorais ce moment, plus il devenait flou. Est-ce que j'avais pensé « Retourne-toi ! », ou plutôt « Regarde-moi ! », ou bien encore « Écoute-moi ! » ? Comment savoir ? Ce qui est certain, c'est qu'à cet instant, pour la première fois, j'avais ressenti pour mon avatar quelque chose qui ressemblait à de la sympathie.

Je suis arrivé à la Vigie au moment où le soleil franchissait la barrière des collines. La mer s'est illuminée, mélange de tons bleu nuit et de nappes vert émeraude. Depuis la table d'orientation placée devant le bâtiment, je dominais la côte crénelée qui s'étend de Marseille jusqu'à Toulon.

Un couple de randonneurs avait étalé son petit-déjeuner dans l'herbe, après une nuit à la belle étoile. Je les ai reconnus, il s'agissait de Camille et Lucas. Des anciens terminales que j'avais connus au lycée, avant qu'ils ne partent étudier à Marseille. Tous deux adoraient les randonnées, et courir comme des chèvres dans les collines. Le week-end, à La Ciotat, il n'était pas rare qu'on les croise dans les parages, ou sur la route des Crêtes.

Une bonne odeur de café s'échappait de leur camping-gaz. Je me suis assis près d'eux. Ils parlaient très doucement, comme deux amants, ou comme deux amis de très longue date. J'ai tenté de me concentrer, et j'ai mis ma main sur l'épaule de Lucas. Puis sur celle de Camille. Plusieurs fois. Sans succès. Imperturbables, ils continuaient à boire leur café en grignotant des biscuits secs.

Une certitude : je ne ressentais pas à leur contact les effets du champ de force. Seul mon avatar provoquait ce phénomène… Une lumière s'est allumée dans mon esprit. Ce champ de force, c'était le lien qui nous unissait. Il ne fallait pas que je l'envisage comme quelque chose de désagréable. Il fallait peut-être passer outre. Lui, ce n'était pas mon ennemi. Lui, c'était moi. Il n'y avait pas une partie de moi qui rêvait de nager au plus haut niveau, et une partie qui écoutait la Bête. Les deux séjournaient en moi, en permanence. L'envie et la peur. L'ange et le démon. Et ces deux forces, au lieu de se combattre, devaient s'équilibrer.

Je suis redescendu vers la maison. Rien n'avait changé depuis mon départ : Charline continuait à absorber son film, et l'avatar, lui, marmottait au fond du lit. À un moment, sa voix ensommeillée m'est parvenue :

– C'est Théo... Théo Varlot. Pas moi.

Il sanglotait.

– Théo Varlot ira en finale. Et moi... et moi... comme un idiot... je nagerai la brasse au chocolat.

Personne ne m'avait encore dit que je parlais dans mon sommeil, sauf le Grand Voss, une seule fois, lors d'un stage à Font-Romeu. Quoi qu'il en soit, je mélangeais pâtisserie et natation, mes deux passions, dans des phrases incohérentes caractéristiques du sommeil profond.

Un temps infini s'est écoulé. Mon portable indiquait dix heures quinze quand il s'est enfin étiré langoureusement, les yeux encore collés de sommeil.

Sans réfléchir, j'ai approché ma main de son front. J'ai recoiffé les mèches. Rien. J'ai tapoté le bout de son nez. Rien. Il s'étirait encore, en soufflant comme un trente-huit tonnes. Et là, j'ai repensé : lui, c'était moi. Nous ne formions qu'un. J'ai effleuré sa joue. Ses yeux se sont ouverts, il a regardé autour de lui avec stupeur.

– Charline ?

Il s'est assis sur le lit. Il a allumé la lampe de chevet. Ses paupières ont cligné plusieurs fois, il a secoué la tête. Puis il est resté prostré, perdu dans des abîmes d'interrogations.

J'ai tenté, à plusieurs reprises, un nouveau contact. Plus rien. J'ai crié, je ne sais plus quoi. Il n'a pas entendu. Il a fini par se lever et a commencé à s'habiller.

À cet instant, son portable a vibré. Un texto du Grand Voss :

Mec, tu déconnes !

Il s'est replongé dans un état d'hébétude. Son partenaire d'entraînement à présent m'appuyait pour lui rendre la vie impossible.

Je suis sorti de la chambre. Je n'en tirerais plus rien avant longtemps.

5

J'ai filé à la piscine. Je voulais savoir où en étaient les copains d'entraînement. En particulier le Grand Voss, celui sur lequel reposaient les espoirs du club. Les autres sélectionnés (Cannelle, Mélanie et Antoine) n'avaient aucune chance d'accéder à la finale. Ils espéraient améliorer leurs performances, et engranger de l'expérience. Nager aux France, surtout la première fois, c'est impressionnant.

Je me suis souvenu de mes premiers championnats, deux ans plus tôt. À l'époque, Théo Varlot et moi, nous étions les deux seuls « seize ans » qualifiés chez les grands. L'objectif, c'était de grappiller quelques places et de signer nos meilleures perfs.

Je crois que je n'avais jamais autant tremblé. Pendant l'échauffement, pendant les premières courses (le deux cents brasse était la troisième épreuve de la matinée), et, plus encore, à la chambre d'appel.

La chambre d'appel est le lieu où, selon les commentateurs télé, certaines courses se gagnent ou se perdent. Les nageurs créent le vide dans leur esprit, ils essaient de chasser leurs démons. Ils s'observent, se jaugent. On présente cette étape comme le moment le plus chargé en électricité. Les caméras n'obtiennent qu'exceptionnellement l'autorisation d'y pénétrer. En vérité, ce qu'on en voit n'est pas si spectaculaire. La plupart des nageurs sont assis sur une chaise en plastique, concentrés à bloc, les cuisses agitées de tremblotements intempestifs. D'autres, debout, moulinent les bras en respirant très fort. Certains, pour activer la circulation du sang, se tapent sur les pecs, sur les biceps ou sur les cuisses, et on peut ensuite y admirer des traces rouges. En la matière, les pecs carbonisés de Cesar Cielo[1] restent légendaires.

---

1. Cesar Cielo : nageur brésilien, champion olympique du cinquante mètres nage libre en 2008, à Pékin, et champion du monde en 2009, 2011 et 2013.

La chambre d'appel que j'avais connue était beaucoup moins prisée des journalistes. Et mes concurrents étaient aussi timorés que moi. Théo Varlot m'avait adressé un sourire un peu crispé. En avançant vers la plage de départ, il m'avait tapé sur l'épaule et souhaité bonne chance, ce à quoi j'avais tenté de répondre par un « Toi aussi ! » étranglé, qu'il n'avait probablement pas entendu.

Au final, j'avais amélioré mon temps de quarante-quatre centièmes, et touché un peu avant lui. On avait gagné trois places chacun par rapport à notre classement des sélections. Mais en ce qui me concerne, j'avais déjà ressenti cette impression de ne pas avoir tout donné.

Quand je suis arrivé au centre nautique, la séance du matin était bien avancée. Les quatre sélectionnés aux championnats de France peaufinaient leurs départs sous l'œil attentif de Bérenger. Le Grand Voss réalisait des coulées de toute beauté. Durant le trajet aérien, on aurait dit un albatros déployant sa longue silhouette. Son entrée dans l'eau laissait rêveur : il touchait la surface avec un angle parfait, lui permettant d'emmagasiner une vitesse optimale, que ses ondulations transformaient ensuite en vitesse de nage. Il refaisait surface juste avant la limite réglementaire des quinze mètres, effectuait deux ou trois coups de bras vigoureux, puis interrompait son effort, se tournant aussitôt vers Bérenger, qui hochait la tête, satisfait.

J-5.

Le départ était fixé au jour suivant. Ce soir-là, dernière séance à la maison et le lendemain matin, direction Dunkerque. Avec en fin de journée, pour prendre ses repères et se dérouiller du long voyage, une séance d'entraînement dans le bassin accueillant les championnats.

Je connaissais bien ces moments précédant le jour J. Le Grand Voss se raserait les jambes le lendemain soir, à l'hôtel, sa course étant placée dès le premier jour (contrairement au deux cents brasse, programmé deux jours plus tard). Se raser les jambes, c'était réservé aux compétitions très importantes. Pas tellement pour le gain infinitésimal de temps (les frottements de l'eau sur quelques poils, ça ne ralentit pas des masses). Ce qui importait surtout dans le rasage, c'était les sensations. Pendant environ quarante-huit heures, on avait l'impression de glisser dans le bassin comme une savonnette. Passé ce délai, on s'habituait, et le gain du rasage n'était plus évident.

Elles nous faisaient rire, nos jambes complètement lisses. Et en même temps, j'avoue, ça dessinait avantageusement nos muscles. Nul n'aurait renoncé à ce rituel : rasage signifiait compétition sérieuse.

Quand le Grand Voss est sorti de l'eau, il a ramassé calmement son pull-buoy, sa planche, ses plaquettes, ses palmes, sa bouteille d'eau. Ensuite, il a filé au vestiaire, le regard fixe et absent. Je connaissais bien ce regard. Il était déjà entré dans sa bulle.

Un sanglot s'est échappé de ma poitrine à l'idée que je ne vivrais peut-être plus jamais ces instants. Romain l'avait bien dit : si je ne parvenais pas à retrouver le chemin jusqu'à lui, mon avatar s'éloignerait encore, et il demeurerait sur cette rive tandis que moi, je continuerais à pâlir, de plus en plus, et je me dessécherais, jusqu'à disparaître après d'horribles souffrances.

6

J'errais sans but véritable, incapable de choisir une direction. Mes pas m'ont mené vers l'hôpital. Depuis ce jour sinistre où mon avatar avait décidé de me fausser compagnie, je n'étais plus allé voir Jeanne. Dans la cour devant le bâtiment, j'ai reconnu le scooter du Grand Voss, bardé de ses autocollants Swimboss. Et en effet, deux étages plus haut, j'ai entendu sa voix derrière la porte de la chambre de Jeanne. Il parlait calmement, mais dans ses paroles perçait un je-ne-sais-quoi d'inhabituel. J'ai ouvert, je me suis faufilé à l'intérieur en refermant tout doucement, bien que ni l'un ni l'autre ne m'aient remarqué. Benjamin était assis près de Jeanne, sur une chaise, et il s'épanchait. Il racontait un rêve, à ce que j'ai compris :

– C'est toujours vers le matin, juste avant de me réveiller vraiment. Je suis en finale du deux cents pap, et j'ai pris un super départ. On entame la dernière longueur, et là, le coup de bambou ! Les bras comme du coton, les jambes lourdes, tout le monde me dépasse, je finis la distance « debout », comme on dit, avec les pieds au fond de l'eau, et ma bouche de poisson qui cherche désespérément l'air à la surface...

Jeanne était partagée entre l'envie de rire et le sérieux. Elle a lâché, en lui pinçouillant l'avant-bras :

– Écoute, Petit Voss, c'est normal tout ça. C'est normal d'avoir peur de perdre. Il faut que tu t'en serves. Il faut que tu la combattes, cette peur, que tu la repousses, que tu la nègues[1] ! Mais tu ne dois pas souhaiter sa disparition.

– Je sais, Jeanne. C'est ce que je fais tous les jours. C'est à elle que je pense à chaque coup de bras de chaque série de chaque entraînement. C'est contre cette peur de perdre que je me bats, mais là, elle n'a jamais été si grande.

---

1. Néguer : noyer (en provençal).

– C'est parce que tu es tout proche de l'exploit. Cette peur, elle te craint, elle a encore plus peur que toi, alors elle déploie ses armées, tous ses moyens, toutes ses forces, elle n'a jamais été si puissante et pourtant elle ne t'a jamais tant redouté. Parce que cette fois tu es encore plus fort qu'avant. Benjamin, tu *dois* avoir peur d'échouer. Cette peur est ton carburant. Tu dois la laisser vivre en toi, parce que si tu la tues, tu perdras ta seule véritable raison de gagner.

À ce moment, j'ai compris une chose déterminante. J'ai compris que le Grand Voss ne se sentait pas invincible. C'est parce qu'il sait qu'il peut perdre qu'il va si vite. Sa peur l'aiguillonne, lui donne des ailes. Grâce à elle, il accède à cet état où l'on peut accomplir des prouesses physiques, comme un enfant que les adultes envoient chercher quelque chose à la cave, et qui, mort de trouille, remonte les escaliers quatre à quatre.

Jeanne aussi, notre Dame de fer, savait qu'elle pouvait y rester. Et cette peur la transcendait. Rien ne tombe tout cuit dans la bouche de personne. Ceux qui réussissent le mieux sont des battants, des combattants. J'ai compris que, pour réussir, il ne faut pas éliminer de son esprit l'existence de la

Bête. Au contraire, il faut se mesurer à elle, l'affronter chaque jour, de face.

Jeanne a fait signe à Benjamin qu'elle commençait à fatiguer, a levé les doigts vers lui, croisés pour lui dire « merde », puis elle s'est tournée vers le mur et a fermé les yeux.

Sa mère est arrivée. Elle a souhaité bonne chance au Grand Voss, comme elle l'avait fait pour moi, l'autre jour.

– Moi, je suis votre mascotte. Je suis un peu sorcière. Quand je souhaite bonne chance à quelqu'un, il réussit !

Après le départ de Benjamin, elle a empoigné un pot de compote, et s'est installée près de sa fille. Patiente et obstinée, elle maintenait Jeanne sous la nuque en manœuvrant une petite cuillère remplie de compote. Une cuillerée sur deux finissait dans les draps (mais une cuillerée seulement !).

C'est à cet instant que j'ai aperçu Romain. Il se tenait tout près de Jeanne, penché sur elle comme un médecin observant les courbes de ses analyses. Quand il a levé la tête vers moi, j'ai réalisé que ce médecin était beaucoup plus pâle que la malade.

– Salut, gros.

Dans sa voix, le rauque l'avait emporté. Je la trouvais beaucoup moins jolie que la veille, il passait beaucoup de souffle entre les mots, comme dans celle d'un asthmatique.

– Tu lui as fait beaucoup de mal, tu sais.

J'ai tressailli. Il s'est ravisé :

– Enfin, pas toi. L'autre. Celui dont tu es le rêve.

Comme je ne pouvais articuler aucune parole, il s'est levé et m'a fait signe de le suivre.

– Viens, je t'offre un verre.

On a bu du café au distributeur, dans le hall de l'hôpital. Il est vraisemblable qu'aucun gobelet ne soit sorti de l'appareil, pourtant c'est le goût du café que j'ai senti au fond de ma gorge.

Romain m'a expliqué son point de vue. Il avait rencontré plusieurs rêves, en plus ou moins bon état, mais j'étais le premier qu'il connaissait personnellement.

– Tu t'en doutes, P'tit Bout, ce qui lui ferait très plaisir, c'est que tu reprennes la natation. Pour ces championnats, c'est râpé, mais à dix-huit ans, tu aurais encore de très belles années devant toi. Toute une carrière !

J'ai baissé les yeux, honteux de ce que mon avatar voulait gâcher.

– T'es pas le seul responsable, Nathan, il a soufflé en me boxant le ventre. La maladie reste la première fautive. Et même si les pronostics sont optimistes, le plus long chemin, elle doit l'accomplir seule. Or sa volonté a été usée. Durant des années, elle s'est battue, elle croyait vaincre, et maintenant qu'elle y est presque parvenue, je crois qu'elle ressent la peur de gagner. Elle nous en avait parlé, de cette peur, tu te souviens ? Nous, les « petits », on avait droit une fois de temps en temps à recueillir les conseils de la grande dame. Elle nous réunissait, tous groupes confondus, et elle nous parlait d'un thème important.

J'ai acquiescé. Je m'en souvenais très bien, mais il avait besoin de reformuler son idée. Et de laisser parler ses talents d'imitateur aussi. Il arpentait le hall en moulinant des bras, singeant une Jeanne en pleine verve :

– La peur de gagner, jeunes gens, tout sportif peut l'éprouver au moment de réaliser son rêve. C'est très visible en tennis, parce que le tennis est le parfait exemple des vases communicants : l'un des deux joueurs domine pendant tout le début de la rencontre, il a presque partie gagnée, obtient même une balle de match, et puis, sur un seul point, la tendance peut s'inverser, le doute lui retourner la tête, et c'est son adversaire alors, patiemment, qui remonte et conclut.

Romain en rajoutait des tonnes, mais avec un sens inné du grotesque. J'adorais ! Pendant quelques minutes, il a réussi à me faire oublier sa pâleur, et à maîtriser son essoufflement.

– Cette peur existe également en natation. Combien de nageurs, malgré une préparation optimale, passent à côté de la course de leur vie ?

Silence. Romain a repris :

– Malheureusement, je ne sais pas comment replacer ton double sur le chemin de l'entraînement. Je n'ai toujours pas découvert le moyen d'entrer en contact avec nos avatars. Le mien, ce chien, m'a rejeté. Il n'y croit plus. Il s'est mis à détester les plateaux télé, la célébrité, l'argent. Tu comprends ça, toi ? Oui, bien sûr, tu le comprends. C'est pas ta philosophie. Tu me l'as assez dit...

Sur ces paroles, sa voix s'est brisée encore davantage. Il souriait en affectant son air cynique, mais on aurait dit à présent que sourire lui coûtait des efforts. Mes lèvres se sont ouvertes pour lui raconter ce qui s'était passé avec mon avatar : l'état d'esprit que j'avais trouvé, et la réaction que j'avais provoquée.

Mais rien. J'ai retenu mes paroles au dernier moment. Ce Romain-là, le rêve, était l'ennemi de l'autre. Bien qu'il m'ait aidé dans ce monde, ce rêve était mauvais. Je devais le combattre. Ou du moins, je ne devais pas l'aider. Pour aider Romain.

7

Les premières douleurs sont survenues à la sortie de l'hôpital. Tellement infimes tout d'abord que je n'y ai pas prêté attention. Un fond de mal au crâne, que j'ai attribué au soleil. Puis il y a eu celles du ventre, et cette sensation pénible d'avoir les genoux… rouillés. Oui, rouillés, c'est l'impression que j'ai eue tout d'abord. Là, j'ai repensé à cette épée de Damoclès qui n'attendait plus que l'heure. L'heure de quoi ? Du découragement ?

C'était trop bête. J'avais trouvé une faille, une piste infime pour recoller avec mon avatar. Ce serait trop injuste d'échouer si près du but !

J'ai passé en revue plusieurs endroits où mon avatar était susceptible de se trouver. Il n'était pas à la maison, ni au centre nautique ni chez Alicia.

C'est à la calanque de Nègue Froume, derrière le Petit Mugel, que je l'ai découvert. Avec Alicia. Ils avaient pris place sur la minuscule langue de terre qui s'avance dans le fond de la calanque, et que Charline et moi nommons, exagérément, la « presqu'île ».

Assise près d'eux, Alicia/rêve rongeait son frein. Elle aussi semblait moins en forme que la dernière fois. Son front avait pâli, et ses cheveux auréolaient son visage comme une brume d'hiver. Quand elle m'a aperçu, un sourire penaud s'est dessiné sur son visage. Elle m'a désigné une place à côté d'elle.

– De quoi ça cause ? j'ai demandé, jouant la décontraction.

– De littérature ! elle a répondu en levant un index sentencieux pour imiter notre prof de français.

Elle m'a soufflé à l'oreille, comme s'ils avaient la moindre chance de nous entendre :

– Nous sommes en pleine scène de ménage. Madame reproche à Monsieur d'avoir abandonné la natation. Elle vient de lui dire : « Blessure, mon œil ! » Je sais pas comment elle a deviné, sûrement qu'il a encore oublié de boiter... Monsieur, quant à lui, reproche à Madame d'avoir déchiré ses brouillons.

On s'est regardés, à mi-chemin entre l'envie de rire et la tristesse. Puis on s'est embrassés, longtemps, conscients que ce serait peut-être la dernière fois. Et qu'avec nous s'éteindrait la dernière lueur de ces rêves que nous avions incarnés.

À côté, ça chauffait de plus en plus. Alicia (l'avatar) s'est redressée, et elle est partie sans que mon propre avatar tente de la retenir. Il est demeuré immobile, l'air buté, tandis qu'elle gravissait la pente pour sortir de la calanque.

Alicia/rêve m'observait avec beaucoup de tendresse. Elle s'est levée à regret.

– Nathan, je compte sur toi pour tenter de le raisonner. Je vais essayer de m'occuper d'elle.

J'ai fait oui de la tête et je l'ai regardée s'éloigner, un peu boitillante, jusqu'à ce qu'elle disparaisse au sommet de la pente.

Je me suis retourné vers lui. Il semblait désemparé. Je n'oubliais pas son attitude, derrière la baie vitrée de la piscine, regardant les autres s'entraîner avec les larmes aux yeux. Il était au bord du vacillement, il lui manquait juste un coup de pouce.

– Tu vas y arriver, j'ai dit en posant doucement ma main sur son épaule.

Il a sursauté, a regardé autour de lui. Il se trouvait seul, assis au bout d'une presqu'île, avec la mer autour.

Je le sentais de mieux en mieux. Je parvenais à communiquer avec lui. Et à neutraliser le champ de force. Il suffisait que je sois doux, ma douceur était cent fois plus persuasive que ma haine. Le Nathan qui ne voulait plus nager parce qu'il avait peur de mal faire, ce n'était pas un autre. C'était moi, complètement moi. Il n'y avait pas de Bête au fond de moi. Il y avait juste un sentiment, humain, qui me différenciait profondément de cette machine que j'aurais voulu être parfois. Ce sentiment, cette fragilité, cette corde sensible dont la vibration se déclenchait peut-être un peu trop vite, un peu trop fort, un peu trop longtemps, c'était une composante de mon humanité, comme mes bras, mes jambes, mon ventre... C'était un sentiment commun à mon espèce, et il m'était peut-être nécessaire, voire indispensable, d'une manière que j'ignorais encore. Ce sentiment, que l'on nommait communément l'angoisse, c'était un héritage que je partageais avec des milliards d'êtres humains. Je le savais, je l'avais toujours su depuis que j'avais décelé sa présence en moi : mon angoisse était proportionnelle à mon envie de réussir. La peur et l'envie constituaient deux parties indissociables de ma personnalité. Il fallait que je l'accepte. Puisque je ne pouvais pas les séparer, je devais les réunir.

– C'est normal d'avoir peur, j'ai dit, le plus calmement du monde.

Il a tourné la tête en tous sens, et a crié :

– Qui me parle ?

– C'est toi. Enfin... toi quand tu rêves de nager jusqu'au sommet.

Il n'a plus remué un cil. Le *Titanic* émergeant des eaux devant lui ne l'aurait pas surpris davantage.

– Tu ne peux pas me voir, et tu ne pourras jamais. Ne me demande pas de t'expliquer ce qui se passe d'un point de vue technique... Je n'y comprends rien moi non plus.

Il ne bougeait toujours pas, respirait à peine. J'ai poursuivi :

– Tu n'es pas insensible aux fantômes, si je me souviens bien. Tu as lu beaucoup à ce sujet. De belles histoires romantiques, et d'autres plus atroces, plus traumatisantes. Je sais qu'au fond de toi, tu n'exclus pas la possibilité qu'ils existent. Tu en aurais presque envie, même. Alors écoute. Ce que tu es en train de vivre, c'est un peu ça : une histoire de fantôme. Une sorte de dédoublement. Ça arrive à beaucoup de monde, au moins une fois, dans une période de grande tension. Mais ça, tu le sais aussi bien que moi. Puisque, à l'exception des événements survenus ces derniers jours, tu sais tout ce que je sais. Et *vice versa*.

Sa respiration devenait plus calme. La raideur de son dos, de ses épaules s'était atténuée.

– Je viens de retrouver dans notre mémoire commune une anecdote que Jeanne aime raconter à ses nageurs. Un jour, une jeune comédienne a dit à la grande actrice Sarah Bernhardt : « Moi, je n'ai jamais le trac sur scène. – Ne vous inquiétez pas, ma petite, lui a répondu l'actrice, ça vous viendra avec le talent. » Cette anecdote, il faut que tu la fasses tienne. Tu ne pourras jamais te débarrasser de ta peur. Ce que tu peux, c'est l'apprivoiser. La peur, ça accélère le rythme cardiaque, ça produit de l'adrénaline, et ça prépare à l'effort qui doit suivre le coup de feu du starter. Au lieu de la rejeter, fais-t'en une alliée.

Il ne bougeait toujours pas. Je me suis levé, et je suis parti. Il avait besoin de digérer tout ça. L'ascension a déclenché des douleurs plus vives dans mes genoux. L'impression que des aiguilles s'introduisaient sous mes rotules. Je savais que je ne tiendrais pas longtemps. Que d'autres altérations surviendraient, bientôt. Pourtant, un espoir fou me tirait vers l'avant. Je devais tenir bon. Comme dans le dernier cinquante mètres d'un deux cents brasse, ça piquait, mais finalement, la dernière longueur, jusqu'ici, ça avait toujours été mon point fort.

8

Le rêve d'Alicia m'attendait devant son immeuble. Malgré son visage blafard, elle n'avait pas l'air malheureux.

– Pourquoi t'es pas à l'intérieur, avec ton avatar ? T'arrives plus à traverser les murs ?

– Si. Mais j'étais impatiente de te raconter.

– Ah ?

– J'ai pu entrer en contact avec elle !

– Raconte !

– Je me suis assise près d'elle, et je lui ai murmuré des choses, très doucement. Comme si je parlais pour moi-même.

– Comment elle a réagi ?

– Stupeur. Respiration coupée. Limite évanouissement. Mais je crois qu'elle a quand même tout entendu. Je lui ai dit d'accepter sa peur, de vivre avec la crainte du refus. Je lui ai dit que chaque jour de vie nous exposait à l'échec, et qu'il ne fallait pas y penser. Qu'il ne fallait pas laisser le bonheur aux autres. Ce genre de choses. Et que si elle ne travaillait pas assez ses textes, c'était peut-être, quelque part, aussi par peur de réussir.

Échouer par peur de réaliser ses rêves. Échouer par peur du bonheur. Parce qu'on ignore ce qu'il y aura après.

J'avais envie de prendre Alicia dans mes bras. Ce qu'elle disait fleurait le recueil de maximes kitsch mais appliqué à la réalité de notre existence, ça n'avait rien de mièvre. Un peu comme les couchers de soleil, si beaux dans la réalité, souvent kitsch en photo.

Elle a poursuivi :

– Maintenant je vais t'avouer quelque chose : la dernière fois que tu m'as appelée pour me proposer une sortie, je t'ai dit que je devais m'occuper de mes frères. En vérité, ils étaient chez la nounou. Mais j'étais repartie sur un nouveau texte et je ne pouvais pas m'interrompre.

Je comprenais. N'avais-je pas moi aussi décliné plusieurs fois ses invitations à cause de ma satanée sieste ?

– Je voulais écrire un texte sur les rêves. Sur la force qu'il faut pour les prendre au sérieux. Seuls ceux qui pensent que le meilleur n'arrive pas qu'aux autres parviennent au bout de leurs rêves. Reste à savoir si l'être humain dont tu es le rêve tient vraiment à toi.

Elle a baissé les yeux. Puis elle a repris, sans me regarder en face :

– C'est toi qui m'as inspirée. Toi, et ta peur. Je me suis reconnue en toi. Parce que je ressens la même angoisse. En envoyant des manuscrits à peine relus, je confiais mon destin au hasard. Je préférais ça. Si c'était bon, tant mieux, sinon tant pis. Même si, au fond de moi, je sentais que ton histoire de travail, de lecture, ça avait du sens. Et plus je trouvais ça évident, plus je me braquais.

– Est-ce que tu as pu lui en parler ?

– Houlà ! pas encore. C'est quand même une sacrée testarde, la Alicia. Tu peux me croire, je sais de qui je cause !

J'étais ravi de la retrouver, avec sa gouaille proverbiale. Dès cet instant, la petite lueur, tout là-haut, à la surface, s'est mise à clignoter plus fort.

9

On traînait dans la vieille ville, échafaudant notre plan d'attaque. Alicia aussi appréciait l'endroit, elle y rendait régulièrement visite à sa grand-mère.

C'est là qu'on a découvert le rêve de Romain. Il errait comme un perdu dans les ruelles qu'Alicia et moi trouvions si chaleureuses. Son visage portait la pâleur caractéristique des rêves en fin de vie, telle qu'il l'avait lui-même évoquée quelques jours plus tôt. Ses mouvements ralentis, ses postures voûtées dénotaient une fatigue extrême.

J'étais partagé entre le soulagement et la pitié. Ce rêve que j'avais sous les yeux, c'était le mauvais, celui des plateaux télé, de la vie hors de la vie, celui auquel mon ami devait sa mauvaise réputation dans notre ville. Et en même temps, un doute me prenait. Qui étais-je, moi, pour juger de la valeur d'un rêve ? En vertu de quelle justice, de quelle vérité absolue avais-je tranché en faveur de l'autre Romain, l'avatar, celui qui ne voulait plus participer à cette réalité filmée sur un divan ?

Il n'est pas certain qu'il nous ait vus. Il tanguait d'un trottoir à l'autre comme un homme ivre, un navire sans gouvernail. Après un cheminement interminable dans une rue qui donnait sur les plages, il a disparu.

J'ai filé à la maison. Mon avatar était dans la chambre, prostré sur son lit. En apparence tel que je l'avais laissé sur la « presqu'île ».

Je me suis assis à côté de lui. Et là, en laissant courir machinalement mon regard autour de moi, j'ai vu. Mes trophées sur les étagères. Les posters de mes idoles sur les murs, un peu gondolés, écornés par endroits, mais souriant de toutes leurs dents blanches. Au pied du lit, mon sac de piscine, duquel dépassait ma serviette à l'effigie du sponsor, et dans la petite poche, devant, le bosselé caractéristique des lunettes. L'avatar avait récupéré les affaires dans la benne.

Seuls les autocollants olympiques, malheureusement irrécupérables, n'avaient pas retrouvé leur place sur l'armoire.

Je suis sorti, fou de joie. Sans plus prêter attention aux douleurs dans les articulations, ni au mal de tête, j'ai marché au hasard. Mes pas me guidaient vers la ville. Il fallait que je dise ça à Alicia.

Quand je suis arrivé devant son immeuble, j'ai aussitôt aperçu son rêve sur la terrasse. Elle tendait le bras, pouce levé, et elle arborait la banane des grands jours. Je l'ai instantanément rejointe là-haut. Derrière la baie vitrée, elle me désignait son avatar occupé à remplir les pages d'un cahier neuf. À la main, comme au bon vieux temps, avec un plaisir évident sur le visage.

– Et toi ? elle m'a demandé.

– Chez moi aussi, le miracle a eu lieu. Un brasseur de dix-huit ans reprendra bientôt le chemin de la piscine.

Elle s'est accoudée à la rambarde. Ses cheveux voletaient autour de son front devenu presque transparent, comme une auréole de buée. Elle a soufflé :

– Et nous, Nathan, tu sais ce qu'on va devenir ?

– Pas eu le temps d'y penser. Mais j'ai ma petite idée.

– Oui ?

– Je suppose qu'au moment voulu, on ne fera plus qu'un avec nos avatars. Comme avant.

– Tu penses qu'on se souviendra de cet épisode ?

– Pas sûr. Jamais personne ne m'en a parlé en tout cas. Tout au plus, on se souviendra d'une période de doute.

– Tu as une idée du moment ?

– Je dirais : la nuit, pendant le sommeil. Comme la première fois.

– Cette nuit ?

– Cette nuit, très probablement.

10

Dans le hall de l'hôpital, nous avons trouvé la mère de Jeanne en grande conversation avec Sam Pitbull. Tous deux s'appréciaient, je crois, et ces derniers temps elle avait dû recadrer sa fille parce qu'elle exagérait avec lui.

J'avais été témoin d'une scène, sur le parking de la piscine. Jeanne avait, comme souvent, houspillé le pauvre Sam, qui jouait de l'harmonica, assis sur sa moto, pour notre plus grande joie. Tout le club adorait Sam Pitbull. On était les plus heureux du monde lorsqu'il était libre pour nous accompagner lors d'un déplacement. C'était un peu notre mascotte, notre grand frère, le gentil sorcier qui veillait sur la bonne ambiance dans le groupe.

Ce jour-là, Jeanne s'était plantée à l'entrée de la piscine, les bras croisés, et elle avait fixé Sam avec son regard mauvais. Elle n'avait rien dit, mais il avait rangé son harmonica, et on s'était dirigés vers les vestiaires.

– Quand t'auras fini d'amuser la galerie, on pourra peut-être travailler ! elle avait jeté, venimeuse.

Sam ne s'était pas démonté, il avait balancé un « Mille excuses, très chère Dame de fer ! ». Mais la mère de Jeanne, qui discutait dans le hall avec les autres membres du bureau, avait dû intervenir vertement pour calmer sa fille.

Sam et la mère de Jeanne ont monté les marches de l'hôpital comme de vieux potes, d'un pas enjoué. L'ambiance ici me plaisait bien.

– J'ai l'impression qu'elle va mieux, Sam, a chuchoté la *madre* en pénétrant dans la pièce. Elle a absorbé les deux tiers d'une compote, un record depuis que je lui donne la becquée...

Jeanne a tourné la tête vers les deux visiteurs. Un petit sourire flottait sur ses lèvres. Dans ses yeux, on ne voyait que Sam.

On est arrivés à la crique du Liouquet. C'est à la sortie de La Ciotat, sur la route de Saint-Cyr, une falaise longue de plusieurs kilomètres au pied de laquelle se blottissent des criques pittoresques. On est descendus par l'escalier qui mène à la plage.

Je savais qu'on le trouverait là, parce que cet endroit avait compté pour lui dernièrement. C'est ici qu'au printemps Romain venait faire la fête avec ses nouveaux potes. Ils buvaient jusqu'à plus soif en regardant la mer, et s'endormaient sur le rivage dans la position où ils étaient tombés. Le lendemain, on les retrouvait à moitié sonnés devant leurs copies, du sable plein les oreilles, et il n'était pas rare qu'ils s'assoupissent en plein contrôle.

Le rêve de Romain était assis sur un caillou, et il chantonnait, les pieds dans l'eau. Mais ses mots ne tintaient pas. Ils tombaient au bord de ses lèvres, se dissolvaient dans le murmure des vaguelettes. Il était à bout de souffle, sa pâleur mettait mal à l'aise.

Alicia et moi, on s'est avancés. Le rêve de Romain a tourné vers nous un visage dévoré par les rides. On s'est assis devant lui, et on lui a souri. Un rictus a déformé son visage. Après, il a baissé les yeux. Nous aussi. On a regardé les galets dans l'eau, sur lesquels passaient des petits crabes, et la surface de l'eau, parfois limpide, parfois froissée, et l'écume contre les cailloux à nos pieds. On n'a plus relevé la tête mais on savait que là, juste devant nous, le rêve de Romain était en train de mourir.

Le soir, quand on a quitté la crique, une volute de fumée blanche s'effilochait dans les airs.

Il s'est passé des choses étranges, ces derniers temps. Comme une crise de somnambulisme qui aurait duré quelques jours. J'ai beau essayer de me souvenir, ma mémoire bute sur des blancs, des oublis, des incohérences. Un livre dont il ne me resterait que des lambeaux.

J'ai entendu dire que chez certains d'entre nous, les périodes de stress peuvent causer une sorte de burn-out, et la mémoire occulter pas mal de choses. Le bac qui approche, les championnats de France, qualificatifs aux Europe juniors... Ces deux échéances m'ont tourné le cerveau, et, si j'en crois mes proches, j'ai tout envoyé balader.

Je flotte depuis quelques jours dans un état très bizarre, sans savoir si ce que je vis est réel. Mais je crois que oui. Par exemple en ce moment.

On est tous dans la chambre de Jeanne pour regarder les championnats de France sur le petit écran mural. Enfin, tous… pas tout le club. Les groupes Benjamins, Perfectionnement, Loisir, les parents, les dirigeants, le sponsor, eux, se sont réunis dans le hall de la piscine Jean-Boiteux, devant la télé bricolée par le tonton du Grand Voss, et l'ambiance doit être fameuse.

Dans la chambre, il y a quand même du beau monde : Jeanne, la *madre*, Sam, une infirmière convertie à la natation, Romain, Alicia et moi. Tandis que le commentateur annonce l'épreuve à venir, je considère Romain et Alicia. Tous les deux me paraissent comme sortis d'une machine à faire peau neuve… Alicia a retrouvé son air de petite fille, elle retient sa respiration, les lèvres entrouvertes, enthousiaste comme si elle avait suivi toute sa vie des compétitions de natation. Quant à Romain, je retrouve enfin dans son œil cette étincelle qui a longtemps brillé, et s'est éteinte il y a quelques mois.

C'est la finale du deux cents mètres papillon. La course du Grand Voss. L'ambiance est chaude à Dunkerque : on entend des cornes de brume, et le martèlement des pieds dans les tribunes. Les grosses délégations, comme Toulouse ou Marseille, doivent faire beaucoup plus de bruit que les quelques pieds ciotadens, mais je sais que le Grand Voss se nourrit de ça. Il convertit cette électricité dans l'atmosphère en énergie positive.

Le commentateur présente les huit qualifiés à l'issue des séries du matin. Notre chouchou a réalisé le troisième temps.

– Il a fait le job pour passer en finale, dit Jeanne, persuadée qu'il en a gardé en réserve.

Le but, à présent, c'est de terminer au moins deuxième, en réalisant le minima pour intégrer l'équipe de France, fixé à 1'56''05. L'année dernière, à cette même date, le Grand Voss avait terminé troisième en 1'57''01, ce qui représentait à l'époque son meilleur temps. Gagner une petite seconde en un an, Jeanne l'en croit capable.

Notre papillonneur préféré remue derrière le plot. Bras, jambes, tête, petits sautillements pour relâcher le tout. Quand la caméra s'arrête devant lui, il pointe l'index sur son bonnet, où il a fait imprimer, en grand, la lettre J. La principale intéressée apprécie : une petite larme perle à son œil, et elle rougit.

La course, donc.

Au premier appel du starter, les nageurs montent sur les plots, c'est le moment de silence, le seul moment de silence total, avant que les éléments se déchaînent. Les concurrents se figent, ni vraiment debout ni vraiment baissés. Dans la chambre d'hôpital, chacun se concentre sur la ligne trois, celle du Grand Voss – Sam la désigne à l'infirmière, qui n'a pas l'habitude des compétitions de natation. Au second appel du starter, les concurrents se penchent vers l'avant, s'arc-boutent au plot. Et la seconde suivante, au signal électronique, huit corps plongent le plus vite, le plus fort, le plus loin possible. Le Grand Voss n'a pas eu le meilleur temps de réaction, pas le plus mauvais non plus. Il touche l'eau en troisième ou quatrième position, ce que Jeanne apprécie d'un petit coup du menton. Elle sait que c'est maintenant, sur la coulée, qu'il pourra s'exprimer pleinement. Et, en effet, le réalisateur ne se trompe pas en choisissant sa ligne, c'est une pure merveille de coulée qui le propulse, juste avant la limite des quinze mètres, une demi-longueur devant tout le monde. Le commentateur se met en action, il souligne la technique pure du « jeune nageur de La Ciotat ». Sur le visage de Jeanne, pas un muscle ne bouge, il y a juste, dans son regard, une petite étincelle qui trahit son contentement. Et sa main qui serre très fort celle de Sam.

En général, le Grand Voss part vite. Et il revient vite. Voilà, résumée en deux courtes phrases, sa stratégie de course. La stratégie parfaite. Celle dont tout le monde rêve, mais que seuls les tout meilleurs parviennent à appliquer. Le premier cinquante mètres le voit conserver la tête presque jusqu'au mur, où deux nageurs touchent dans le même mouvement que lui (le chrono intermédiaire donne un léger avantage au nageur de la ligne quatre, le Marseillais Florent Gissard, champion de France en titre). À la faveur de la deuxième coulée, le Grand Voss reprend la tête, mais il ne creuse pas l'écart. Ce deuxième cinquante mètres voit se détacher nettement le Grand Voss et Florent Gissard. Le commentateur lâche le mot « duel ». À mi-parcours, ils touchent quasiment ensemble et la tension, dans la chambre d'hôpital, doit être la même que là-bas, à Dunkerque, ainsi que dans le hall du Cercle des Nageurs Ciotadens. Au sortir de la troisième coulée, à nouveau léger avantage pour le Grand Voss. Le commentateur formule ce que tout le monde a remarqué, à savoir que si le Grand Voss (lui, bien sûr, l'appelle Benjamin

Votrass) prend l'avantage dans les coulées, c'est Florent Gissard qui revient dans la nage. Il en profite pour assener que le suspense est torride, qu'avec cette configuration bien malin celui qui prédira l'issue de la course, d'autant que, souligne-t-il avec justesse, un troisième larron pourrait venir jouer les trouble-fête : Slimane Chouaki, le Toulousain, embusqué à la ligne cinq, qui possède un finish dévastateur. Mais quand le mur des cent cinquante mètres approche, avec le Grand Voss et Florent Gissard sur la même ligne, Jeanne et moi, on se regarde un bref instant, et on respire ensemble, soulagés. On se sourit, aussi, parce qu'on sait ce qui va se passer. Dès cet instant, pour nous, il n'y a plus de suspense. Juste un grand bonheur à savourer jusqu'au bout. Tous les deux, avec Bérenger et nos trois camarades dont le cœur doit tambouriner là-bas, à Dunkerque, nous savons que le Grand Voss, dans la dernière coulée, va donner beaucoup plus que dans les trois premières, nous savons qu'à la sortie de la coulée Florent Gissard, en découvrant l'écume du Grand Voss loin devant lui, essaiera d'accélérer pour revenir, et il ne s'y prendra pas trop mal, Florent Gissard, il résistera à la tentation de raccourcir son mouvement, mais l'écume de la ligne trois s'éloignera encore, parce que le Grand Voss, impitoyable, ne laissera aucune chance de revenir à personne, pas même à Slimane Chouaki, qui au terme d'une remontée héroïque coiffera certes Florent Gissard à la touche, mais pas le Grand Voss.

1'55"92.

Le titre de champion de France. Le minima requis pour entrer en équipe. La joie de toute une chambre d'hôpital, de tout un hall de piscine, et celle de Bérenger, là-bas, qui s'agite au bord du bassin, faisant de grands signes à son nageur, sur lequel la caméra revient se fixer. Félicité par Slimane Chouaki et Florent Gissard, le Grand Voss désigne sur son bonnet l'initiale du prénom de la Dame de fer, à laquelle il dédie sa victoire.

Les larmes coulent sur le visage de Jeanne, comme des fontaines. La première personne vers laquelle elle se tourne, c'est Sam, qui la regarde avec tout l'amour du monde au fond des yeux et sur le poignet, profondément incrustée, la trace de ses ongles.

Le Grand Voss, à sa manière, me montre la voie. Je me dis qu'un jour j'aimerais aussi réussir cet exploit. Faire pleurer Jeanne de bonheur.

Épilogue

J'y vois à peine plus clair dans ma mémoire. Toujours cette impression d'avoir seulement récolté des lambeaux, impossible à agencer de façon cohérente. Je me souviens d'un flottement, durant plusieurs jours j'ai survolé le réel sans pouvoir y prendre prise. Comme si je m'observais de loin, d'un œil critique. Une agitation inhabituelle, une tempête sous mon crâne.

Je me rappelle que j'ai douté. C'est une tendance que j'ai eue, de plus en plus en grandissant. Quand l'échéance devenait importante, le doute s'insinuait en moi, quelque chose que je nommais la Bête me dictait des pensées négatives. De ça, je me souviens. Mais c'est comme si un grand blanc avait effacé le souvenir de ces quelques jours. Pêle-mêle dans ma mémoire se bousculent des images, des bouts de scènes. Il y avait Jeanne, qui souffrait. Il y avait Alicia, qui voulait détruire ses brouillons. Et moi-même, je me revois portant à la benne mes affaires de natation. Je crois que je n'ai pas été très sympa, non plus, avec Charline et sa passion des licornes.

Et il y avait Romain. Un Romain coupable et cynique, une créature de la télé. Ce Romain-là, je l'ai rencontré à plusieurs endroits, plutôt incongrus. Je nous revois en pleine nuit perchés sur la plate-forme du cinq mètres, à discuter de je-ne-sais-quoi.

Et puis, il y a eu ce moment où les forces qui se livraient bataille au fond de moi se sont réconciliées. Du moins, elles se sont équilibrées, ont appris à vivre ensemble. La peur et l'envie, conjuguées, m'ont permis de mettre les bouchées doubles à l'entraînement pour rattraper le temps perdu.

Jeanne et Bérenger, qui par ailleurs savent se montrer impitoyables, ne m'ont pas blâmé. Quand je me suis pointé sur le bord du bassin, et que j'ai commencé à mouliner les bras avec les copains revenus des championnats de France, j'ai su que j'étais à ma place, et que je ne la quitterais plus.

Jeanne va mieux depuis son opération. Par moments, il semble que quelque chose la tiraille, mais c'est juste sa cicatrice, et cela se produit de moins en moins.

Sam vient la chercher tous les soirs, sur sa moto de rockeur, avec sa coiffure de rockeur, son blouson de rockeur, mais il ne porte plus sa barbe de hipster – il prédit que les barbes vont passer de mode.

Je me suis dépêché de perdre la petite brioche que j'avais acquise pendant mes deux semaines d'arrêt. En vérité, ce n'était pas exactement une brioche, juste une demi-brioche, et au final peut-être que j'étais le seul à la voir, mais si j'avais continué comme ça, elle aurait forcément pris ses aises...

Romain a terminé son contrat avec l'émission *The Truth*. Il a perdu *in extremis*, alors qu'il avait tout fait pour qu'on vote contre lui, mais enfin il s'en est sorti. Je crois qu'il ne retouchera plus à ça. Quant à savoir dans quoi il va se lancer, je l'ignore, et lui aussi. Revenir au bord du bassin ? Il a perdu trop de temps, et ce n'est peut-être pas exactement son truc. Mais j'ai confiance. Mon petit doigt me dit que le pire est derrière lui.

Alicia a accepté de retravailler ses histoires. Elle avoue, même, adorer cette étape. Elle a découvert des tas de choses, auxquelles elle ne faisait pas attention avant. Sans doute ce n'est pas très glamour de se pencher sur un texte et de le décortiquer pendant des heures pour le dégraisser de ses adverbes en « ment », de ses « mots trop forts qui lui font perdre de sa force », de ses phrases au rythme prévisible, et de ses clichés. Mais elle, elle ose dire qu'elle se régale. Elle me fait lire ce qu'elle appelle le « premier jet ». C'est parfois à peine compréhensible, pourtant elle a besoin de mon avis pour aller plus loin. Je valide en quelque sorte son travail, et j'en suis fier. Elle a conscience qu'elle doit apprendre encore, avant que son écriture arrive à maturité. Et puis, elle s'est mise à lire davantage. Elle continue à lire la presse people, et même les étiquettes sur les paquets de céréales, mais elle a ajouté aussi une bonne dose de romans. Dans ce domaine, elle lit un peu de tout : du polar, de la SF, de la fantasy, de la poésie, du roman historique, fantastique, psychologique. Il lui arrive même de lire des œuvres au programme ! Elle fait son petit marché là-dedans, elle y pêche des idées, remarque des procédés, qu'elle cuisine ensuite à sa sauce.

En ce moment, elle écrit un texte sur la natation. Elle a obtenu le droit d'assister aux entraînements. Elle économise pour se payer le voyage à La Réunion, à Noël. Parce que Jeanne l'a même autorisée à nous accompagner au meeting de l'océan Indien.

Le Grand Voss m'a promis qu'il ne toucherait pas à la « petite-chérie-de-mon-cœur-mignon-tout-plein ». Il prépare actuellement les championnats d'Europe, qui auront lieu fin juillet à Budapest. Cette fois-ci, la marche à franchir sera très haute pour entrer en finale, il le sait. Mais il travaille dur, parce qu'il ne va pas en Hongrie pour faire du tourisme.

À cause de ma saison un peu bancale, amputée des championnats de France, je n'ai plus vraiment d'objectif sérieux cette année. Alors, avec Jeanne, on a choisi un meeting au printemps prochain, celui de Monaco, et on a décidé de le préparer comme s'il s'agissait d'une compétition très importante. J'effectuerai le même entraînement que les autres mais, à l'approche du meeting, Jeanne ou Bérenger me prendra à part, et me fera suivre un affûtage.

Lorsque je pousserai sur le plot, je sais que je donnerai enfin le meilleur de moi-même. Parce que dans « donner le meilleur » il y a « donner ». Je me suis souvenu que je ne nageais pas juste pour moi. Que la natation n'est pas exactement un sport individuel. Ce qu'on donne, c'est un spectacle, pour les autres. Comme aux premiers temps, à l'époque où les parents jouaient au foot pour digérer leur pique-nique pendant qu'on se reposait sous les arbres.

Au bord du bassin, dans les tribunes, il y aura Jeanne, Bérenger, le Grand Voss et les camarades du club, Alicia, mes parents, Charline, la *madre*, Sam…

Et je sais à présent qu'en sortant de l'eau, quel que soit le résultat, je n'aurai plus aucun regret.

Remerciements

Merci, encore une fois, à Juliane et Joël Grossiord pour leur expertise médicale.

Et merci à Romain Barnier, Céline Bonnet, Stéphane Bouvard, Serguei Comte, Franck Esposito, Wilfrid Frigo, Jérôme Gourlier, Mylène Lazare, Xavier Marchand, Murielle Martin, Fabrice Pellerin, Lionel Rolando et Guillaume Saucourt pour m'avoir aidé à esquisser les contours de la Bête...

L'auteur

Né à Oran en 1971, Roland Fuentès a passé son enfance en Algérie et sa jeunesse en Provence. Il a enseigné l'allemand à mi-temps pendant dix ans, employant l'autre partie de son temps à écrire des nouvelles et des romans, d'abord pour adultes – entre autres *Douze Mètres cubes de littérature* (éd. du Rocher, 2003, prix Prométhée de la nouvelle), *La Bresse dans les pédales* (Nykta, 2005), *Le Passeur d'éternité* (Les 400 coups, 2007) – puis pour la jeunesse. Depuis 2007, il se consacre entièrement à l'écriture.

Du même auteur

Aux éditions Syros :

L'Échange, coll. « Tempo », 2007

Tonton Zéro, coll. « Mini Syros Romans », 2008

Les Voleurs de vent, coll. « Les uns les autres », 2008

Tics olympiques, coll. « Tempo », 2009

Un écrivain à la maison, coll. « Tempo », 2010
Sélectionné par le ministère de l'Éducation nationale

La Balle de match, coll. « Mini Syros Romans », 2011

Au bord de la ville, hors-série, 2011
Sélectionné par le ministère de l'Éducation nationale

Dépêche-toi, tonton !, coll. « Mini Syros Romans », 2013

Un écrivain dans le jardin, coll. « Tempo », 2013

Tonton Zéro, chouchou de la télé, coll. « Mini Syros Romans », 2015

L'Écrivain clémentine, coll. « Mini Syros Romans », 2015

Martin et la mysteriöse Kreatur, coll. « Tip Tongue », 2016

La Citadelle de glace, coll. « Tempo », 2017

Quatre Fantômes im neuen Berlin, coll. « Tip Tongue », 2017

Vivant, hors-série, 2018

Chez d'autres éditeurs :

Charlepogne et Poilenfrac (illustré par Olivier Tallec), éd. Le Baron Perché, 2007

Le Tonneau volant (illustré par Pauline Duhamel), éd. Rageot, 2009

La Dédicace, éd. Cornelsen, 2009

L'Arbre à chatouilles (illustré par Florian Thouret), éd. Rageot, 2009

Le Bureau des mots perdus (illustré par Benjamin Adam), éd. Nathan, 2010

Prix 2011 de la revue L'École aujourd'hui

Prix littéraire des écoliers de Rillieux-la-Pape 2012

L'Enfant qui n'avait pas de nom (illustré par Raphaëlle Michaud), éd. Rageot, 2011

Monsieur Cabosse (illustré par Pascal Lemaître), éd. Nathan, 2012

Au royaume des moustaches (illustré par Vincent Wagner), éd. Rageot, 2012

Le Livre qui fuit (illustré par Amandine Laprun), éd. Nathan, 2016

Un amour sur mesure (version album, illustrée par Alexandra Huard), éd. Nathan, 2017

La Patrouille du rire (illustré par Charles Dutertre), éd. Nathan, 2018

MIXTE
Papier issu de sources responsables
FSC® C022030

Achevé d'imprimer sur Roto-Page en janvier 2019
par l'Imprimerie Floch (53100, Mayenne)
N° éditeur : 10248479 – N° d'impression : 93792.
Imprimé en France